SOLO OTRA NOCHE

FIONA BRAND

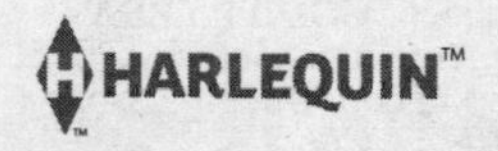

Editado por HARLEQUIN IBÉRICA, S.A.
Núñez de Balboa, 56
28001 Madrid

Solo otra noche, n.º 1988 - 9.7.14
Título original: Just One More Night
Publicada originalmente por Harlequin Enterprises, Ltd.

I.S.B.N.: 978-84-687-4420-9
Depósito legal: M-12039-2014
Editor responsable: Luis Pugni
Impresión en Black print CPI (Barcelona)
Fecha impresion para Argentina: 5.1.15
Distribuidor exclusivo para España: LOGISTA
Distribuidor para México: CODIPLYRSA
Distribuidores para Argentina: interior, BERTRAN, S.A.C. Vélez Sársfield, 1950. Cap. Fed./ Buenos Aires y Gran Buenos Aires, VACCARO SÁNCHEZ y Cía, S.A.

Capítulo Uno

Elena Lyon no podría volver a estar con ningún hombre en su vida hasta que se arrancara quirúrgicamente los últimos restos de Nick Messena que le quedaban.

El primer punto de su lista de purgado era deshacerse de la casa de la playa que tenía en Dolphin Bay, Nueva Zelanda, en la que había pasado una desastrosa y apasionada noche con él.

Mientras avanzaba por una de las calles más concurridas de Auckland, buscando con la mirada la agencia inmobiliaria que había escogido para encargarse de la venta, sus ojos se cruzaron con un enorme cartel en el que se leía: «Construcciones Messena».

Se puso tensa al instante, aunque la posibilidad de que Nick estuviera allí a pie de obra era muy remota; pasaba la mayor parte del tiempo en el extranjero. Pero la repentina certeza de que estaba allí, observándola, fue lo bastante fuerte como para detenerla. Aceleró el paso al pasar por delante de la ruidosa obra. Apartó la mirada de los obreros sin camisa que estaban trabajando y decidió que no podía esperar más a vender la casa de la playa. Cada vez que iba allí le parecía sentir el eco de las intensas emociones que seis años atrás habían sido su perdición. Unas emociones que al parecer no habían afectado lo más mínimo al impredecible y guapo director de Construcciones Messena.

Dentro de su bolso se escucharon las apasionadas notas de un tango, distrayéndola de la vergonzosa serie de silbidos de los obreros. Una brisa le soltó algunos mechones oscuros del recatado moño cuando sacó el teléfono. Se subió un poco más las gafas en el delicado puente de la nariz y miró el número que brillaba en la pantalla: Nick Messena.

El corazón le dio un vuelco. El pegajoso calor y el murmullo de fondo del tráfico se disolvieron y de pronto se vio transportada seis años atrás. Al calor de la casa de la playa que había pertenecido a su tía Katherine, a la lluvia tropical que caía sobre el tejado. Al cuerpo musculoso y bronceado de Nick Messena encima del suyo...

Se le sonrojaron repentinamente las mejillas y volvió a mirar el teléfono, que había dejado de sonar. Apareció un aviso en la pantalla; tenía un mensaje de voz. Se quedó paralizada. Debía de ser una coincidencia que Nick llamara aquella tarde, cuando ella tenía pensado realizar uno de sus infrecuentes viajes a Dolphin Bay.

Apretó con fuerza el teléfono. Nick había empezado a llamarla hacía una semana. Desafortunadamente, la primera vez la pilló con la guardia bajada, y cuando contestó se quedó tan hipnotizada con el timbre sexy de su voz que fue incapaz de colgar. Para empeorar las cosas, Elena había terminado sin saber cómo accediendo a cenar con él, como si nunca hubiera pasado aquellas apasionadas horas entre sus brazos años atrás. Por supuesto, no acudió a la cita y tampoco le avisó. Le dejó allí plantado.

Comportarse de aquel modo, con semejante falta de consideración, iba contra sus convicciones, pero la punzada de culpabilidad fue engullida por la cálida satisfacción de haber conseguido, seis años después, que Nick Messena probara una cucharada de su propia medicina.

La pantalla seguía avisando de que había un mensaje: la voz profunda de Nick le invadió el oído, provocándole un escalofrío de placer por la espina dorsal. El mensaje era muy simple, su número de teléfono y la misma orden arrogante que le había dejado en el contestador varias veces desde la conversación inicial: «Llámame». ¿Después de seis años en los que Nick la había ignorado por completo tras haberla dejado tirada después de una única noche? Ni hablar.

Molesta consigo misma por haber sido débil y haber escuchado el mensaje, dejó el teléfono en el bolso. Había deseado con toda su alma una llamada de Nick, pero ya no volvería a caer en la trampa de perseguir a un hombre que no estaba interesado en ella.

Estaba convencida de que Nick Messena solo había buscado dos cosas de ella: una era recuperar un anillo perdido que Nick pensó equivocadamente que su padre le había regalado a la tía de Elena, una situación que resucitó la escandalosa mentira de que su tía Katherine, el ama de llaves de la familia Messena, había tenido una tórrida aventura con Stefano Messena, el padre de Nick; la otra, se remontaba a seis años atrás, Nick quería sexo.

El ruido de un claxon devolvió a Elena a la realidad del tráfico de la calle. Entró en la frescura del aire acondicionado de un exclusivo centro comercial.

El día de su cumpleaños de hacía seis decidió romper su regla de no acudir a una cita a ciegas. La cita, organizada por sus amigas, había resultado ser con Messena, el hombre del que había estado enamorada en secreto cuando era adolescente.

A los veintidós años, con una doble licenciatura en empresariales y psicología, tendría que haber sido consciente de la imposibilidad de la situación. Messena era muy sexy y tenía mucho éxito. Con su larga melena oscura, la piel blanca y las esbeltas piernas, Elena era pasable, pero tenía cierta tendencia a engordar, por lo que no jugaba en la misma liga que Messena.

A pesar de saberlo, el sentido común la abandonó. Cometió el fatal error de creer en la pasión que se reflejaba en los ojos de Nick. Pensó que Messena, al que calificaron en una revista del corazón como un maestro de seducción, era sincero.

Con el corazón latiéndole todavía con fuerza, cruzó el lujoso interior del centro comercial en cuyo interior estaba la agencia inmobiliaria Propiedades Coastal. La recepcionista, una pelirroja elegante y esbelta, la acompañó al despacho de Evan Cutler. Cutler, que estaba especializado en propiedades costeras y apartamentos en el centro de la ciudad, se puso de pie cuando la vio cruzar por la puerta.

Una sombra se reflejaba en la superficie de la inmensa alfombra gris, alertando a Elena del hecho de que Cutler no estaba solo. Un segundo hombre, tan alto como para bloquear la luz del sol que en caso contrario se habría filtrado por la ventana, se dio la vuelta. La chaqueta negra se le ajustaba a los anchos hombros y tenía el cabello negro y revuelto.

Nick Messena, dos metros de hombre musculoso, mandíbula firme y unos pómulos cincelados que la hacían babear, en algún momento de su vida se había roto la nariz y tenía un par de marcas en un pómulo. Aquella imagen algo descuidada y peligrosa, combinada con la barba de un día, provocaba un efecto potente.

A Elena se le cayó el alma a los pies cuando le vio con el teléfono en la mano. Sus ojos, que tenían un reflejo verdoso, se clavaron en los suyos.

–¿Por qué no has contestado a mi llamada?

El tono grave y ligeramente ronco de su voz le provocó un nudo en el estómago.

–Estaba ocupada.

–Ya me he dado cuenta. Deberías mirar antes de cruzar la calle.

La irritación puso fin a su vergüenza y a otras sensaciones más perturbadoras que se le habían agarrado a la boca del estómago. Desde su posición cerca de la ventana, Nick habría tenido una visión clara de ella andando por la calle cuando la llamaba.

–¿Desde cuándo te preocupa tanto mi bienestar?

Él se guardó el teléfono en el bolsillo de la chaqueta.

–¿Por qué no iba a preocuparme? Os conozco a ti y a tu familia de toda la vida.

El comentario a la ligera, como si sus familias fueran amigas y no hubiera tenido lugar un escándalo, como si no se hubiera acostado con ella, la enfureció.

–Supongo que si algo me hubiera sucedido no habrías conseguido lo que quieres.

En cuando pronunció aquellas palabras, Elena se sintió avergonzada. Por muy molesta que estuviera con Nick, no pensaba ni por un momento que fuera tan frío y calculador. Si la afirmación de que su tía y Stefano Messena tenían una aventura cuando murieron en un accidente de coche era cierta había hecho daño a la familia Lyon, también afectó a los Messena. Por no decir que habían fallecido la misma noche que Nick y ella habían hecho el amor.

Elena apretó las mandíbulas cuando Nick le deslizó la mirada por el vestido verde oliva y la negra chaqueta de algodón antes de clavarse en su único vicio, los zapatos. Llevaba ropa cara y de marca, pero de pronto fue muy consciente de que aquellos colores oscuros resultaban aburridos y sosos para el verano. A diferencia de los zapatos, que eran extremadamente femeninos.

Nick detuvo brevemente la mirada en su boca.

–¿Y qué es exactamente lo que crees que quiero?

Aquella pregunta le provocó picor en la garganta. Aunque la idea de que Nick pudiera tener algún interés personal en ella resultaba ridícula. Y ella no estaba en absoluto interesada en él. A pesar de su aspecto de estrella de cine y de su encanto, tenía una rudeza masculina que siempre la había puesto algo nerviosa. Aunque no podía permitirse olvidar nunca que, por algún hechizo extraño, aquella misma cualidad había atravesado en una ocasión sus defensas como un cuchillo la mantequilla.

–Ya te he dicho que no tengo ni idea de dónde está la joya que se ha perdido.

–Tengo mejores razones para ir allí que para buscar tu mítico anillo perdido –Elena alzó la barbilla, consciente de pronto de que la búsqueda del anillo por parte de Nick era una excusa, y que tenía otro plan oculto. Algún miembro femenino de su familia podía haber buscado la joya–. Y por cierto, ¿cómo sabías que estaría aquí?

–Como no contestabas a mis llamadas, llamé a Zane.

Su nivel de irritación aumentó un punto más

ante la idea de que Nick se entrometiera todavía más en su vida llamando a su primo, Zane Atraeus, que era el jefe de Elena.

–Zane está en Florida.

La expresión de Nick no se alteró.

–Como te he dicho, no contestabas a mis llamadas y no apareciste a nuestra cita en Sídney. No me has dejado opción.

A Elena se le sonrojaron las mejillas ante la referencia al plantón. La idea de que el padre de Nick hubiera pagado a su tía con joyas, la moneda de cambio para las amantes, le había resultado profundamente insultante.

–Ya te dije por teléfono que no creía que tu padre le hubiera dado nada a mi tía Katherine. ¿Por qué iba a hacerlo?

La expresión de Nick era extrañamente neutral.

–Tenían una aventura.

Elena hizo un esfuerzo por controlar la furia que se apoderó de ella ante la certeza de Nick de que su tía tenía una aventura secreta con su jefe.

Aparte del hecho de que su tía consideraba a la madre de Nick, Luisa Messena, su amiga, era una mujer de fuertes convicciones morales. Y había una razón muy poderosa por la que su tía nunca tendría una relación con Stefano ni con ningún otro hombre. Treinta años atrás, Katherine Lyon se había enamorado completa e irremediablemente, y él murió. En la familia Lyon, la leyenda del amor de Katherine era bien conocida y respetada.

Los Lyon no eran conocidos precisamente por ser apasionados ni tempestuosos. Eran más bien gente normal con tendencia a escoger profesiones sólidas y a casarse con cabeza. En el pasado habían sido sirvientes admirables y granjeros hacendosos. El amor apasionado o el amor perdido eran una especie de novedad.

Elena no sabía quién había sido el amante de su tía Katherine porque ella se había negado tajantemente a hablar de él. Lo único que sabía era que su tía, una mujer de excepcional belleza, había permanecido obstinadamente soltera y había afirmado que no volvería a amar nunca. Los dedos de Elena agarraron con más fuerza la correa del bolso.

–No. No tenían una aventura. Las mujeres Lyon no son ni nunca han sido los juguetes de ningún hombre rico.

Cutler se aclaró la garganta.

–Ya veo que se conocen.

Elena dirigió la mirada al agente inmobiliario, que era un hombre bajito y calvo. No tenía sombras confusas, y aquella era la razón por la que le había escogido. Era eficaz y práctico, atributos con los que ella se identificaba como asistente personal.

–Nos conocemos algo.

Nick frunció el ceño.

–Que yo recuerde, fue algo más que eso.

Elena renunció al intento de evitar la confrontación y le sostuvo la mirada a Nick.

–Si fueras un caballero no mencionarías el pasado.

–Si no recuerdo mal de una conversación previa, no soy un caballero.

Elena se sonrojó ante la referencia a la acusación que le había lanzado cuando se encontraron por casualidad en Dolphin Bay un par de meses después de su única noche juntos. Le dijo que era arrogante, burdo y emocionalmente incapaz de mantener una relación.

–No entiendo por qué debería ayudar a arrastrar el apellido Lyon por el fango una vez más solo porque quieras recuperar un viejo anillo de chatarra que tú mismo has perdido.

Nick frunció el ceño.

–Yo no he perdido nada, y sabes perfectamente que se trata de un anillo con un diamante.

Y conociendo a la familia Messena y su extrema riqueza, el diamante sería grande, impresionantemente caro y seguramente antiguo.

–La tía Katherine no tendría ningún interés en un diamante. Por si no te habías dado cuenta, era bastante feminista y casi nunca llevaba joyas. Además, si hubiera tenido una aventura secreta con tu padre, ¿qué interés tendría en llevar un anillo caro que lo proclamara?

La mirada de Nick se oscureció notablemente.

–Lo que tú digas. Pero el anillo ha desaparecido.

Cutler se aclaró otra vez la garganta y le hizo un gesto a Elena para que tomara asiento.

–El señor Messena ha expresado su interés por la casa de la playa que ha heredado usted en Dolphin Bay. Ha propuesto cambiársela por uno de los nuevos apartamentos en primera línea de playa que tiene aquí en Auckland, y por eso le he invitado a esta reunión.

Elena contuvo el deseo de decir que por muy interesada que estuviera en vender, de ningún modo le vendería la casa de la playa a un Messena.

–Eso es muy interesante –dijo en voz baja–, pero por el momento prefiero ver más opciones.

Todavía nerviosa por la inquietante presencia de Nick, Elena se planteó salir del despacho como protesta del secuestro que había sufrido su reunión con Cutler. Pero le dio pena el hombre, así que se sentó en uno de los cómodos sillones de cuero que él le indicó. Se tranquilizó a sí misma diciéndose que si Nick Messena, la personificación del emprendedor y del hombre de negocios, quería hacerle una oferta, entonces debería escucharla, aunque solo fuera por el placer de decirle que no.

En lugar de sentarse en la otra silla disponible, Nick se apoyó en la esquina del escritorio de Cutler. Aquella postura provocó el efecto de hacerle parecer todavía más alto y musculoso.

–Es un buen acuerdo. Los apartamentos están en el Viaducto y se están vendiendo muy rápido.

El Viaducto era primera línea de mar, justo al lado del centro de la ciudad y con vistas al puerto. Era un lugar pintoresco lleno de cafés y restaurantes. La zona ocupaba el primer lugar de la lista para Elena porque podría alquilar el apartamento. Con el dinero de la venta de la casa de la playa no podría cubrir completamente gastos.

Nick le deslizó la mirada por el pelo, haciéndola consciente de que durante la carrera por la calle se le habían escapado algunos mechones que le acariciaban las mejillas y el cuello.

–Podría considerar una permuta.

Elena se puso tensa y se preguntó si Nick le estaría leyendo el pensamiento. Una permuta significaría que no tendría que endeudarse, y eso le resultaba tentador.

–La casa de la playa tiene cuatro habitaciones. Tendría que ser un apartamento de al menos dos.

Nick se encogió de hombros.

–Añado una tercera habitación, plaza de garaje y acceso a la piscina y al gimnasio.

Tres habitaciones. Elena parpadeó mientras ante ella se abría un futuro color de rosa sin hipoteca. Captó el brillo en los ojos de Nick y se dio cuenta de que el acuerdo era demasiado bueno. Solo podía haber una razón para ello: tenía trampa. Estaba tentándola deliberadamente porque quería que ella le ayudar a encontrar el anillo perdido, y sin duda pensaba que debía estar todavía en la casa de la playa.

Por encima de su cadáver. Elena contuvo el deseo de aceptar lo que suponía un acuerdo inmobiliario excepcionalmente bueno.

No podía hacerlo si eso implicaba venderle la casa a un Messena. Tal vez fuera una tontería, pero tras el daño que se le había hecho a la reputación de su tía, aunque fuera taños atrás, y tras la seducción de la que ella había sido víctima, estaba decidida a marcar su posición.

La propiedad de los Lyon no estaba en venta para un Messena, del mismo modo que las mujeres Lyon no estaban tampoco en venta. Miró directamente a Nick a los ojos.

–No.

El asombro de Cutler se reflejó también en el rostro de Nick. Se la quedó mirando fijamente, como si por un instante la encontrara absolutamente fascinante. Como si en cierto modo, le hubiera gustado que dijera que no.

Elena apartó la mirada del magnético poder de Nick y luchó contra el absurdo deseo de quedarse y seguir batallando contra él.

Se puso de pie, le deseó un buen día a Cutler, agarró el bolso y salió cerrando la puerta tras de sí. Una vez fuera, Elena apretó el paso y salió del centro comercial.

Capítulo Dos

Acababa de salir al húmedo calor de la calle cuando una mano morena y grande le agarró el antebrazo.

–Lo que no entiendo es por qué sigues todavía tan enfadada.

Elena se giró y se topó con Nick. Lo tenía tan cerca que podía ver cómo le latía el pulso en la mandíbula.

Ella alzó la barbilla para mirarle a los ojos.

–No deberías haber boicoteado mi reunión con Cutler ni tendrías que haberme presionado cuando ya sabías lo que pienso.

Se hizo una breve pausa.

–Lo siento si te hice daño hace seis años, pero tras lo que ocurrió aquella noche, no podía ser de otro modo.

Sus palabras, el hecho de quc claramente pensara que se había enamorado de él en aquel entonces, cayeron en un lago de silencio que pareció expandirse a su alrededor, bloqueando el ruido de la calle. Elena apartó la mirada.

–¿Te refieres al accidente o al hecho de que tú ya tenías una relación con una tal Tiffany? –una novia que al parecer estaba entonces en Dubái.

Nick frunció el ceño.

–La relación con Tiffany ya estaba casi acabada.

–Leí algo sobre Tiffany en un artículo que se publicó un mes más tarde.

Nunca lo olvidaría porque la afirmación de que Nick Messena y su preciosa novia modelo estaban enamorados la había terminado de convencer de que su relación con él nunca había sido viable.

–No deberías creer todo lo que sale en los periódicos sensacionalistas. Rompimos en cuanto regresé a Dubái.

Elena contuvo la repentina y absurda idea de que Nick hubiera puesto fin a su relación con Tiffany por ella. Pensamientos de aquel tipo eran los que le habían llevado a meterse en su cama en primera instancia.

–En cualquier caso, sigue estando mal que te acostaras conmigo si no tenías intención de seguir.

Nick se sonrojó ligeramente.

–No, no estuvo bien. Pero por si no lo recuerdas, me disculpé.

Ella apretó las mandíbulas. Como si todo hubiera sido un tremendo error.

–Entonces, ¿por qué terminaste con Tiffany?

No debería tener el más mínimo interés. Nick Messena no significaba nada para ella, absolutamente nada. Pero de pronto deseaba saberlo desesperadamente.

Él se pasó los largos y bronceados dedos por el pelo con expresión algo malhumorada y tremendamente sexy.

–¿Y yo qué sé? –gruñó–. Los hombres no entendemos de esas cosas. Se terminó y punto, como siempre ocurre.

Ella parpadeó ante su afirmación de que las relaciones siempre terminaban. Había algo profundamente deprimente en aquella idea.

Elena se quedó mirando su boca carnosa, el labio inferior, que tenía una pequeña cicatriz. No recordaba que estuviera allí seis años atrás. Sugería que se había visto envuelto en una pelea. Seguramente una bronca en alguna de sus obras.

Apartó la mirada de su boca y del vívido recuerdo de lo que había sentido con los besos de Nick.

–Tal vez tengas una idea equivocada de las cosas.

Él se la quedó mirando fijamente.

–¿Y qué idea debería tener?

Elena aspiró con fuerza el aire y trató de ignorar la fuerza de su mirada.

–Una conversación es un buen comienzo –aquello les había faltado en la noche que pasaron juntos.

–Yo sí hablo.

La irritación de su tono de voz, el modo en que se le quedó mirando la boca, hicieron que ella se diera cuenta de que también Nick estaba recordando aquella noche.

Sintió que se le volvían a calentar las mejillas al pensar que le acababa de ofrecer a Nick un consejo sobre cómo mejorar sus relaciones. Un consejo que había resultado no ser su fuerte a pesar de las clases de psicología que había tomado.

–Las mujeres necesitan algo más que sexo. Necesitan sentirse apreciadas y deseadas.

Nick miró hacia la calle, como si estuviera buscando a alguien.

–Me gustan las mujeres.

Un enorme coche todoterreno color negro se detuvo en una zona de aparcamiento restringido unos cuantos metros más allá y tocaron el claxon. Nick le levantó la mano al conductor.

–Ese es mi coche. Si quieres puedo llevarte.

–No hace falta.

Él torció el gesto.

–Como supongo que tampoco necesitas mi apartamento, ni supongo que nada de lo que yo pueda ofrecerte.

Elena alzó un dedo y volvió a recolocarse las gafas, que se le habían deslizado por el puente de la nariz.

–¿Por qué sigues llevando gafas? –le preguntó Nick–. Podrías ponerte lentillas.

Elena alzó la barbilla.

–Por curiosidad, ¿qué más crees que debería cambiar? ¿Mi modo de vestir? ¿Los zapatos? ¿Y qué me dices del pelo?

–No te cambies de zapatos –murmuró él–. Y tu pelo es precioso –le tocó un mechón con el dedo–. Lo que no me gusta es cómo te peinas.

Elena trató de no responder a la oleada de sensación que se apoderó de ella con aquel leve contacto, ni ante la idea de que le encantara que le gustara su pelo.

–Se llama moño francés. ¿Qué más? –le preguntó desafiante.

–Maldita sea –murmuró Nick–, sí que te hice daño.

Elena trató de contener la pequeña punzada de pánico que sintió al saber que, tras seis años enterrando el pasado, había perdido el control hasta el punto de haberle revelado a Nick su vulnerabilidad. Empastó una brillante sonrisa en la cara y trató de suavizar el momento mirando el reloj como si tuviera prisa.

–Fue una cita a ciegas. Todo el mundo sabe que nunca salen bien.

–Para mí no fue una cita a ciegas.

Elena volvió a mirarle a los ojos. Nick tenía una expresión extrañamente contenida.

–Seis años atrás me enteré de que una amiga tuya te había organizado una cita a ciegas con Geoffrey Smale. Le dije a Smale que no apareciera y ocupé su lugar. Yo sabía que eras tú con quien había quedado, y me acosté contigo por una única razón: porque me gustabas.

Nick se subió malhumorado al asiento de copiloto. Le lanzó una mirada de disculpa a su hermano pequeño, Kyle, y se abrochó el cinturón de seguridad.

Kyle, que había sido militar y había resultado ser un genio inesperado para las inversiones financieras, aceleró.

–Me resultaba familiar. ¿Tienes chica nueva?

–No –Nick frunció el ceño ante la inesperada oleada de deseo que sintió. Hacía mucho tiempo que no sentía algo parecido. Seis años, para ser exactos–. Es Elena Lyon, de Dolphin Bay. Trabaja en el Grupo Atraeus.

Kyle se detuvo en el semáforo.

–Elena. Eso lo explica. La asistente de Zane. Y la sobrina de Katherine –miró a Nick de reojo–. Nunca hubiera imaginado que fuera tu tipo.

Nick se quedó sorprendido ante la sequedad de Kyle. Él fue quien encontró el coche de su padre, que se había salido de la carretera por la lluvia y había dado una vuelta de campana. El estómago se le encogió con los recuerdos. Recuerdos que se habían suavizado con el tiempo pero que seguían produciéndole dolor y culpabilidad. Si no hubiera estado en la cama con Elena, cautivado por la misma obsesión irresistible que había provocado la supuesta traición de su padre con otra Lyon, podría haber llegado antes al lugar del accidente y cambiar las cosas.

El informe del forense decía que tanto su padre como Katherine habían sobrevivido al impacto durante un tiempo. Si hubiera dejado a Elena en su casa aquella noche y hubiera vuelto a la suya, cabía una pequeña posibilidad de que hubiera podido salvarlos.

Nick se quedó mirando pensativo el semáforo. Kyle tenía razón. No debería estar pensando en Elena.

El problema estaba en que últimamente, tras descubrir el diario y con él la asombrosa posibilidad de que su padre no tuviera una aventura con Katherine, había sido incapaz de dejar de pensar en Elena.

–Entonces, ¿cuál es mi tipo?

–Te suelen gustar rubias –contestó Kyle.

Con piernas largas y seguridad en sí mismas. El caso opuesto a Elena, con sus ojos oscuros, su vulnerabilidad y sus seductoras curvas.

Nick bajó la ventanilla. De pronto le faltaba el aire.

–No siempre salgo con rubias –aunque durante un tiempo fueron rubias o nada, porque salir con morenas le recordaba a ella. Durante un par de años, el recuerdo de su noche con Elena había estado demasiado unido al dolor y a la culpa por no haber podido salvar a su padre.

Sus sentimientos actuales por Elena estaban muy claros. Le gustaría volver a acostarse con ella, pero no estaba preparado para pensar más allá de aquel punto.

Kyle entró en el aparcamiento subterráneo del edificio Messena.

–¿Alguna novedad en la búsqueda del anillo?

Nick se quitó el cinturón de seguridad cuando Kyle aparcó.

–Todo el mundo me pregunta lo mismo últimamente.

Su madre, su hermano mayor, Gabriel, y una selección de tías y tíos abuelos que estaban preocupados por la pérdida de aquel legado familiar tan importante. Y por último el agente de seguros que, al hacer una nueva evaluación de los bienes, había descubierto que el anillo no estaba.

Nick se bajó del coche y cerró de un portazo.

–Estoy empezando a sentirme como Frodo.

Kyle sacó su maletín, cerró el coche y le lanzó las llaves.

–Él tenía los ojos más bonitos.

–Y también tenía amigos que le ayudaban.

Kyle sonrió.

–Bien. Pero no esperes que yo sea uno de ellos. No valgo para detective.

Nick pulsó el código de seguridad para acceder al ascensor.

–¿Te ha dicho alguien alguna vez que eres irritante?

–Mi última novia rubia.

Nick pulsó la tecla que les llevaría a las oficinas de Gabriel y a una discusión sobre diversificar los intereses del negocio.

–No me acuerdo de tu última novia.

De todo el clan Messena, Kyle era el más callado y el más discreto. Tal vez debido a su formación militar o al hecho de que hubiera perdido a su mujer y a su hijo en un ataque terrorista.

–Eso fue porque estaba en el extranjero. Pero terminó y los dos seguimos con nuestra vida.

Las puertas del ascensor se abrieron lentamente y los dos hermanos salieron al conocido interior del banco.

***

Una oleada de calor atravesó a Elena cuando cruzó el pequeño parque. Sintiéndose extraña ante aquella nueva visión del pasado, Elena se acercó al banco más cercano del parque y se sentó.

Había estado seis años enfadada con Nick. Ahora no sabía qué sentir, solo sabía que bajo toda aquella confusión, todavía le dolía que la hubiera rechazado tantos años atrás. El problema estaba en que cuando era adolescente sentía algo por él. Los veranos que pasaba en Dolphin Bay visitando a su tía y viendo al bronceado y musculoso Nick hacer surf habían contribuido sin duda a su fascinación.

Demasiado inquieta para sentarse, consultó su reloj y se dirigió hacia el hotel en el que se alojaba. Cuando se acercó a las exclusivas boutiques del vestíbulo se abrieron las puertas de cristal y una mujer esbelta con un vestido azul que le resaltaba el bronceado salió a la calle. El reflejo de la puerta le mostró el reflejo de una mujer con cierto sobrepeso, vestida con un traje aburrido y con gafas.

Las palabras de Nick volvieron a su mente. No le gustaban las gafas ni el modo en que se arreglaba el pelo. No había mencionado su ropa, pero ahora se miró a través de sus ojos y estaba dispuesta a admitir que era tan aburrida y sosa como las gafas y el pelo.

Por mucho que le molestara su opinión, tenía

razón. Algo tenía que cambiar. Ella tenía que cambiar. No podía seguir refugiándose en el trabajo y que pasara otro año. Ya tenía veintiocho. Si no se andaba con cuidado, llegaría a los treinta sola. Pero también podía cambiar de vida y cumplirlos teniendo una relación amorosa apasionada.

Como si se viera al borde de un precipicio a punto de dar un salto al vacío, observó el elegante cartel que había en el escaparate de la tienda. Aunque no era precisamente una tienda, sino un exclusivo spa. Nunca había estado en uno.

Apretó las mandíbulas. Había tomado la decisión. Cuando hubiera terminado, aunque no quedara guapa, al menos se vería estilosa y segura de sí misma como la mujer del vestido azul.

La idea cobró fuerza. Podía cruzar aquellas puertas si quería. Tenía el dinero. Tras años ahorrando, tenía más que suficiente para pagarse un cambio de imagen.

Sintiéndose un poco mareada ante la idea de que no tenía que seguir siendo como era, que tenía la capacidad de cambiar, cruzó la exclusiva puerta blanca y dorada conteniendo el aliento.

Tras una consulta inicial de una hora con un estilista llamado Giorgio, Elena firmó el tratamiento completo que le había recomendado.

Primero estaba la pérdida de peso y la eliminación de toxinas, que incluía una semana en un spa. Aquello iría seguido de un programa intensivo de ejercicio y la presentación de su entrenador personal. Una serie de tratamientos de belleza para la piel y el cabello, maquillaje y guardarropa completaban el programa.

La semana inicial en el spa iba a costar una cantidad importante, pero mientras cumplieran con su promesa y la transformaran, estaba dispuesta a pagar.

El corazón se le aceleró ante los cambios que estaba dispuesta a hacer. La esperanza se apoderó de ella. La próxima vez que viera a Nick Messena, las cosas serían distintas. Ella sería distinta.

Capítulo Tres

Un mes más tarde, Nick Messena observó con su fría mirada verde cómo Elena Lyon caminaba con contenida elegancia hacia el altar donde él esperaba, siguiendo perfectamente el ritmo de *La marcha nupcial*.

El sol de la tarde se filtraba por las vidrieras, iluminando los impresionantes cambios que ella había hecho, desde el estiloso corte de pelo hasta los zapatos de tacón rosa. Su vestido de dama de honor, una sofisticada combinación de encaje y seda rosa que a Nick le pareció que enseñaba demasiado, se le ajustaba a las delicadas curvas y a la estrecha cintura.

Cuando la novia llegó al altar, Elena posó brevemente la mirada en Kyle, que iba a ser el padrino de Gabriel, y luego lo miró a él. Nick observó con satisfacción que Elena no se había dado cuenta de que había ocupado el lugar de Kyle, y que él era ahora el padrino de Gabriel. Si lo hubiera sabido, seguro que se habría encargado rápidamente de que alguien ocupara su lugar como dama de honor.

Elena apartó la mirada de él y dedicó su atención a la niña que llevaba las flores, Sanchia, la hija de Gabriel y Gemma, que acababa de terminar de tirar los pétalos de rosa. Nick frunció el ceño al fijarse en los cambios que apenas había tenido tiempo de observar la noche anterior en la cena anterior a la boda. Se dio cuenta de que en la delicada nariz de Elena había una chispa discreta: un piercing.

Todos los músculos de su cuerpo se tensaron ante aquel detalle tan exótico. Su elusiva examante había perdido peso, se había cortado el pelo y había abandonado el aburrido y soso vestuario que llevaba antes. En el espacio de unas cuantas semanas, Elena se había convertido en una mujer sensual y exótica.

Nick apretó las mandíbulas y fijó la atención en la novia, Gemma O'Neill, que estaba al lado de su hermano.

Durante la ceremonia, Elena mantuvo la vista clavada en el sacerdote. A Nick le fascinó su empeño en ignorarle por completo.

Cuando Nick le dio el anillo a Gabriel, la oscura mirada de Elena se cruzó con la suya un intenso instante. Ella le miró con la dureza profesional a la que estaba acostumbrado últimamente.

Pero no siempre le había mirado así. Era muy distinto a la ingenua pasión con que lo miró la vez que hicieron el amor.

Gabriel se giró para tomar la mano de la mujer con la que iba a casarse. Nick contuvo la impaciencia mientras la ceremonia continuaba a ritmo de tortuga.

Elena le había estado evitando las últimas veinticuatro horas, desde que llegó a Dolphin Bay. La única vez que había conseguido estar a solas con ella, la noche anterior, intentó hablar del asunto de la casa de la playa, pero Elena se cerró en banda. Tanto si quería como si no, cerrarían el trato aquel mismo fin de semana.

Se dio cuenta distraídamente de que Gabriel estaba besando a la que ahora era su esposa. Cargándose de paciencia, Nick esperó para firmar como testigo en la sacristía adyacente.

Cuando Gabriel subió a su hijita en brazos, la mirada de Elena, inesperadamente nublosa y dulce, volvió a conectar con la suya el tiempo suficiente para que Nick se diera cuenta de dos cosas: en primer lugar, las lentes de contacto con las que había reemplazado sus habituales gafas no eran las típicas transparentes, eran de un tono chocolate oscuro que anulaba por completo el dorado alegre de sus iris. Y lo que era más importante, a pesar de su frío control y de sus esfuerzos por fingir que él no existía, fue consciente en aquel momento de que para Elena existía de un modo palpable.

Elena seguía deseándole.

Haciendo un gran esfuerzo, Nick mantuvo una expresión neutral mientras firmaba. En unos minutos saldría por el pasillo con Elena del brazo. Era la oportunidad que tenía pensada aprovechar.

Cuando la música subió y Elena le pasó el brazo por el suyo, el asunto de recuperar el anillo y resolver el misterio de la relación de su padre con la tía de Elena se esfumó. El delicado perfume de Elena le entró por las fosas nasales, y Nick se dio cuenta de que el único sí que quería escuchar realmente de ella era el que le dijo seis años antes.

Elena se defendió de la corriente eléctrica que la atravesó cuando posó ligeramente la palma en el brazo de Nick.

Él le dirigió otra de sus miradas intensas. A pesar de su intención de mantener la frialdad y la distancia y fingir, como había hecho la noche anterior, que no estaba tan distinta como hacía un mes, se le aceleró el pulso. Aunque sabía que tenía mejor aspecto que nunca gracias a los esfuerzos del spa, todavía se estaba ajustando a los cambios. Que Nick Messena la estuviera observando con lupa la ponía muy nerviosa, porque no sabía si le gustaba lo que estaba viendo.

Nick inclinó la cabeza lo suficiente como para que Elena captara el sutil aroma de su colonia.

–¿Lo que tienes en el hombro es un tatuaje?

Ella se puso tensa ante la brusquedad de la pregunta y el tono desaprobatorio que la acompañó.

–Es una calcomanía. Estoy pensando en hacerme un tatuaje definitivo.

Se hizo un breve y tenso silencio.

–No lo necesitas.

La afirmación la irritó.

–Yo sí creo que lo necesito, y a Giorgio le pareció muy bien.

–¿Quién es Giorgio?

Un pequeño escalofrío se apoderó de ella ante la idea de que Nick pudiera estar celoso. Pero no quiso dejarse llevar por aquella fantasía.

–Giorgio es... un amigo.

Captó una sombra fugaz de irritación en su rostro y eso hizo que se sintiera poderosa. Nick no tenía por qué saber que Giorgio era su asesor personal de belleza.

En aquel momento se acordó de Robert Corrado, otro amigo nuevo con potencial para convertirse en mucho más. Solo habían salido un par de veces, así que era demasiado pronto para saber si Robert era el amor de su vida, pero en aquel momento era la piedra de toque que necesitaba desesperadamente.

Aspiró con fuerza el aire y trató de recordar el aspecto de Robert mientras seguían a Gabriel, Gemma y Sanchia por el pasillo nupcial.

Sintió una vez más la mirada de Nick.

–Has perdido peso.

Elena apretó las mandíbulas. Aquella no era la respuesta que había esperado, pero una parte de ella se alegró de que lo hubiera notado.

Su nuevo cuerpo de reloj de arena seguía sorprendiéndola. La dieta, combinada con un riguroso régimen de ejercicio, había hecho salir un cuerpo completamente inesperado. Todavía tenía curvas, aunque más estilizadas que antes, y ahora se combinaban con una cintura estrecha.

Todavía le asombraba que una pérdida de peso

tan escasa hubiera provocado semejante diferencia. Si hubiera sabido lo poco que la separaba de su nuevo cuerpo, habría optado por la dieta y el ejercicio años atrás.

–¿No se te ocurre mejor modo de iniciar una conversación?

–Tal vez esté un poco fuera de órbita. ¿Qué se supone que debo decir?

–Según dice un periodista del corazón, no estás en absoluto fuera de órbita. Si quieres mantener una conversación, deberías tratar de concentrarte en los aspectos positivos.

–Pensé que esto era positivo –Nick frunció el ceño–. ¿Qué periodista?

Elena suspiró. Tras su inesperado encuentro con Nick en Auckland, había leído por casualidad que aquella misma noche él salió con una modelo. Le dijo el nombre.

Él relajó la expresión.

–La historia de Melanie. Es amiga de mi hermana, y fue una cena familiar, no una cita. ¿Has vendido ya la casa de la playa?

–Todavía no, pero estoy considerando una oferta que he recibido.

Elena sintió cómo los músculos de Nick se tensaban bajo sus dedos.

–Sea lo que sea lo que te hayan ofrecido, le aumento un diez por ciento.

Elena mantuvo la mirada fija en el velo de tul de Gemma.

–No entiendo por qué quieres esa casa.

–Está en la playa. No perderé dinero con la inversión, y además parece ser el único modo de conseguir que me permitas buscar el anillo.

–Ya lo he buscado yo. Ahí no está.

–¿Has mirado en el desván?

–Estoy en ello. No he encontrado nada todavía, y ya he mirado prácticamente en todas partes.

Su tía coleccionaba toda clase de recuerdos. Elena había mirado en las cajas más recientes e iba hacia atrás en progresión temporal.

Se hizo un breve e incómodo silencio.

–Si no quieres considerar mi oferta de compra, ¿me dejarás echar un vistazo antes de venderla?

Elena apretó la mandíbula.

–No veo a mi tía Katherine guardando una joya de valor en el desván.

–Mi padre anotó en su diario que le había dado el anillo a Katherine. No lo has encontrado en ninguna parte, lo que significa que es muy posible que esté en algún rincón de la casa.

Elena apretó con menos fuerza el ramito de flores que llevaba. La frustración de Nick al no salirse con la suya resultaba palpable. A pesar de todo, tuvo que luchar contra el impulso de ofrecerle su ayuda.

Pero aplastó con decisión a la antigua Elena, el felpudo. Según Giorgio, su debilidad era que le gustaba ser complaciente con los hombres. La razón por la que se había entregado tanto a los jefes que había tenido en Atraeus se debía a que aquello satisfacía su carencia de sentirse necesaria. Sustituía el complacer a hombres poderosos por una genuina relación de amor en la que se merecería cariño y atención.

Aquel descubrimiento le había cambiado la vida. En un principio pensó en dejar su trabajo como asistente, porque tuvo la impresión de que la tentación de volver al viejo hábito de agradar sería irresistible. Pero luego pensó en probar en un campo más creativo. Ahora que había llegado hasta allí, no podía volver a ser la antigua y sumisa Elena.

Consciente de que Nick estaba esperando una respuesta, contuvo el impulso de decirle directamente que sí.

–No creo que encuentres nada, pero ya que insistes, estoy dispuesta a dejar que vayas y busques tú mismo por la casa.

–¿Cuándo? Vuelo mañana temprano y no volveré hasta dentro de un mes.

En aquel tiempo, si Elena aceptaba la oferta que le habían propuesto, la casa se habría vendido. Nick la tenía acorralada.

–Supongo que podría dedicarle un par de horas esta noche. Si te ayudo con las últimas cajas, nos bastará con una hora.

–Hecho –Nick alzó la mano para saludar a un hombre mayor.

Elena le reconoció. Era Mario Atraeus. A su lado estaba una joven morena y bella, Eva Atraeus, la hija adoptiva de Mario.

La música fue in crescendo cuando Gabriel y Gemma, seguidos de Sanchia, se detuvieron para saludar a una anciana matriarca del clan Messena en lugar de salir de la iglesia.

Presionada por la gente que tenía detrás, Elena se vio propulsada a los escalones de entrada de la iglesia y recibió una lluvia de confeti y de arroz.

Un hombre joven de pelo oscuro y camisa de cuadros salió de entre la gente. Levantó una enorme cámara y empezó a hacerles fotos como si ellos fueran los recién casados. Elena se sintió avergonzada. No era el fotógrafo oficial de la boda, así que seguramente se trataría de un periodista.

–Está cometiendo un error.

Les cayó otra oleada de confeti y Nick la atrajo hacia sí.

–¿Un reportero cometiendo un error? No sería la primera vez.

Un grupo de invitados que estaba saliendo de la iglesia empujó sin querer a Elena, que se vio contra el pecho de Nick.

–Me dije que no haría esto –murmuró él.

Una décima de segundo más tarde, inclinó la cabeza y la besó en la boca.

En lugar de apartarse, como tendría que haber hecho, Elena se quedó paralizada. Una sensación de placer la atravesó al sentir la suavidad de su boca, la leve abrasión de su mandíbula. Nick la rodeó de la cintura, sosteniéndola mientras ladeaba la cabeza para besarla con más pasión.

Se dio cuenta de que Nick estaba excitado. Durante un embriagador momento, el tiempo pareció detenerse. Y luego hubo una explosión de aplausos y de comentarios. El clic de la cámara del fotógrafo la devolvió a la realidad.

Nick levantó la cabeza.

–Tenemos que movernos.

Le rodeó la cintura, urgiéndola a bajar los escalones. En aquel momento aparecieron Gemma y Gabriel en la puerta de la iglesia y la atención del reportero y de los invitados se centró en ellos.

Alguien le dio una palmadita a Nick en el hombro.

–Por un momento me pareció que estaba en la boda equivocada, pero en cuanto te reconocí supe que tú no podías ser el novio.

Aliviada por la distracción, Elena se zafó de Nick y de la nebulosa provocada por aquella inesperada pasión.

Nick se giró de medio lado para estrechar la mano de un hombre alto y bronceado que llevaba un traje de chaqueta y sombrero australiano.

–Ya me conoces, Nate. Estoy casado con el trabajo.

Elena se dio cuenta de que el joven de la camisa de cuadros que había estado haciendo fotos se había acercado a ellos y parecía estar escuchando. Nick le presentó entonces a Nate Cavendish.

En cuanto Elena escuchó aquel nombre supo que se trataba de un ganadero australiano con reputación de ser uno de los solteros más ricos y más escurridizos del país.

Sintiéndose sonrojada e incómoda, estrechó la mano de Nate.

Nate la miró como si le resultara familiar pero no terminara de ubicarla. No era de extrañar, ya que había coincidido con él un par de veces en las fiestas de Atraeus en el pasado, cuando todavía era la antigua Elena.

–Tú debes ser la nueva novia de Nick.

–No –afirmó ella.

Nick la miró como prometiéndole venganza. Nate sacudió la cabeza.

–A mí me da la impresión de que te tiene de rodillas.

Nick se encogió de hombros y Nate se tocó el ala del sombrero para despedirse de Elena.

Ella se dirigió al grupo de invitados que rodeaba a Gabriel y Gemma.

Nick observó con mirada glacial cómo el reportero se subía a un coche y se marchaba de allí a toda velocidad.

A Elena se le encogió el estómago. Tras años trabajando para la familia Atraeus, tenía olfato para la prensa. La única razón por la que aquel periodista se iba era porque tenía una historia.

Nick le puso una mano en la espalda. La sacó de entre la gente mientras Gemma y Gabriel se dirigían hacia la limusina que les estaba esperando. Nick frunció el ceño al ver que ella se apartaba al instante. Le distrajo un sonido vibratorio.

Sacó el teléfono del bolsillo y se alejó un par de pasos de allí para responder a la llamada.

Mientras mantenía una conversación sobre el cierre de la compra de un hotel, Elena hizo un esfuerzo por recuperar la compostura mientras veía partir el coche nupcial.

Una segunda limusina hizo su aparición. La que iba a llevarles a ella, a Nick y a Kyle al hotel de Dolphin Bay para la sesión de fotos.

El estómago se le encogió ante la idea. Aquel día no iba a tener una salida fácil. Tendría que compartir el reducido espacio de la limusina con Nick y sentarse con él durante el banquete.

Lamentó con retraso aquel beso y la conversación que le había seguido. Antes de aquel día habría jurado que no tenía nada de coqueta, pero en algún momento entre el altar y la salida de la iglesia había aprendido a flirtear.

Porque todavía se sentía tremendamente atraída hacia Nick. Elena aspiró con fuerza el aire y lo fue soltando lentamente.

Nick puso fin a la conversación y se giró hacia ella mirándola con intensidad.

–Ya está aquí nuestro coche. ¿Lista para irnos?

–Yo sí, pero tú no –sacó un pañuelo de un bolsillo secreto del vestido y se lo pasó–. Tienes lápiz de labios en la boca.

Nick aceptó el pañuelo y se limpió. Cuando trató de devolvérselo, ella forzó una sonrisa.

–Guárdatelo, no lo quiero.

Lo último que necesitaba era algo que le recordara que había estado a punto de cometer un segundo error.

–Si estás lista, parece que va a empezar la sesión oficial de fotos –sonrió–. No sé para ti, pero no es mi pasatiempo favorito.

Elena apartó la mirada de la de Nick y de su arrebatador encanto, del que no quería caer víctima.

–No tengo problemas con que me tomen fotos.

No desde que había tomado un curso intensivo en el spa. Un grupo de profesionales la habían peinado y maquillado y le habían enseñado a sonreír y ladear la cara. Tras dos intimidantes horas bajo los focos, con una cámara apuntándole a la cara, finalmente había vencido el miedo al objetivo.

Treinta minutos más tarde, tras posar para interminable fotografías mientras los invitados bebían champán y paseaban por los jardines del hotel, Elena se vio sentada al lado de Nick en el banquete.

La boda, que se celebraba en una sala llena de rosas blancas y jazmines, era la culminación de un sueño romántico. Tras otra hora de discursos, champán y exquisita comida, la orquesta empezó a tocar. Sintiéndose a cada segundo más tensa, Elena vio cómo Gabriel y Gemma salían a la pista. Según la tradición, los siguientes eran Nick y ella.

Nick le tendió una mano morena y grande.

–Creo que nos toca.

Elena le tomó la mano, tensándose ante su contacto, ante la leve abrasión de sus manos ásperas por su trabajo en las obras de construcción y su otra pasión, la vela.

Le puso una de las manos en la cintura, atrayéndola hacia sí al primer acorde del vals. Elena contuvo el aliento cuando sus senos le rozaron el pecho.

Nick la miró con indiferencia.

–Deberías relajarte.

Cuando Nick pasó girando por delante de Gabriel y Gemma, Elena trató de relajarse. Una hora más y podría marcharse. Volvió a sentirse tensa ante la idea, porque iba a salir de allí con Nick, un escenario que se parecía demasiado al que había tenido lugar seis años atrás. La música adquirió un ritmo más lento.

En lugar de soltarla, Nick continuó bailando y la mantuvo cerca de él.

–Y dime, ¿qué hay detrás de esta repentina transformación?

–Solo quería sacar lo mejor de mí misma.

La atrajo un poco más hacia sí para dar un giro.

–Me gustaba el color de tus ojos. Eran de un tono jerez muy bonito, no deberías haber cambiado eso.

Elena parpadeó ante lo inesperado de aquel comentario.

–No pensé que te hubieras dado cuenta –se dijo que debería volver a ponerse las lentillas transparentes.

–¿Y cuántos piercings te has hecho? –le preguntó Nick mirándola fijamente.

A ella le latió con fuerza el corazón ante la repentina intensidad de su expresión y el calor de su mirada. Tragó saliva, sentía de pronto la boca seca.

–Solo uno más aparte del de la nariz. En el ombligo.

Nick guardó silencio durante un largo instante en el que pareció que el aire se enrarecía mientras la música adquiría un ritmo más cadencioso. Un tango.

Nick le apretó con más fuerza la cintura.

–¿Hay algo más que debería saber?

Elena luchó contra el insano impulso de acercarse todavía más. El objetivo era cambiar de vida, no repetir viejos errores.

Aunque la idea de que podía repetir aquel error si quería provocó que se le secara la boca. No se le había pasado por alto el calor de la mirada de Nick ni la certeza de que estaba excitado cuando la atrajo hacia sí.

–Solo si fueras mi amante, y no lo eres.

–¿Tienes novio?

–Salgo con alguien –alzó la barbilla.

Él entornó la mirada en una mezcla de desconfianza e incomodidad.

–¿Con quién?

Elena se dio cuenta entonces de que a Nick no le hacía ninguna gracia que hubiera un hombre en su vida.

Embriagada por la oleada de poder que sintió al saber que ella era el foco de su atención en una sala llena de mujeres bellas, se llevó la lengua al labio superior en un gesto de coquetería. Súbitamente avergonzada, cerró la boca y se quedó mirando a otra pareja que pasó bailando.

–No creo que lo conozcas.

–Déjame adivinar –murmuró Nick–. Giorgio.

Elena se sonrojó ante el error. Nick había llegado a aquella conclusión porque no había querido aclarar adrede quién era Giorgio exactamente.

–Se llama Robert. Robert Corrado.

Se hizo el silencio.

–¿Sales con dos hombres?

Elena no estaba segura de si los dos piquitos que había permitido que Robert le diera y que no le habían provocado ninguna sensación bastaban para calificarle como su pareja.

–No, solo con este.

Nick la miró con los ojos entornados.

–Entonces, ¿Giorgio es agua pasada?

Elena trató de contener la pequeña corriente de excitación que la recorrió al observar la incomodidad de Nick.

–Giorgio es mi asesor de belleza.

Nick murmuró algo entre dientes. Dieron otro giro y salieron a un patio en sombras iluminado únicamente por la luz del atardecer.

Nick siguió sosteniéndola. Tenía la mandíbula apretada y parecía visiblemente irritado.

–¿Te has hecho los piercings para Corrado?

La pregunta provocó que el mundo de Elena volviera a tambalearse. Antes había especulado con la idea, pero ahora tenía la certeza.

Nick estaba celoso.

Capítulo Cuatro

Elena apartó la mirada de la de Nick y miró más allá de la piscina y de las palmeras, hacia el mar. Cualquier cosa con tal de evitar aquella atracción y la peligrosa certeza de que Nick la deseaba.

–No es asunto tuyo, pero a Robert no le interesan los piercings.

–Entonces, ¿no te los has hecho para él?

–No me los he hecho por nadie.

Pero al pronunciar aquellas palabras sintió que se le caía el alma a los pies. Había tratado de convencerse a sí misma de que los piercings eran parte del proceso de cambio, una marca para declarar que no tenía treinta años... todavía. Pero lo cierto era que se los había hecho porque eran sexys. Se los había hecho por Nick.

–No te has acostado con Corrado.

–Eso no es asunto tuyo. Robert es un hombre encantador –era seguro y controlable, completamente opuesto a Nick–. No tiene fijación por los piercings.

–Vaya. Eso me pone en mi sitio –Nick se quitó la corbata, la dobló y se la guardó en el bolsillo.

Aunque sabía que era un error, Elena se acercó a él y trató de apartar la vista de la porción de carne morena que revelaban los botones que se había desabrochado.

La noche parecía haberse vuelto más calurosa cuando Nick le observó los pendientes color rosa que le colgaban de los lóbulos.

–Doy por hecho que el piercing que llevas en el ombligo es también rosa, ¿verdad?

Lo acertado de la sugerencia provocó que Elena se pusiera tensa.

–No deberías coquetear conmigo.

–¿Por qué no? Es mejor que discutir, y puede que después de esta noche no volvamos a vernos.

Elena se quedó paralizada. La atracción que estaba sintiendo y que la mantenía sin aliento se nubló. Se dio cuenta entonces de que había sido tan estúpida como para permitir que Nick atravesara sus barreras.

Alzó la barbilla y le miró directamente a los ojos.

–Si encuentras el anillo –en cuanto pronunció aquellas palabras, se lamentó de haberlo hecho. Sonaban en cierto modo angustiadas, como si estuviera buscando una manera de retenerlo.

–Haces que suene a búsqueda aventurera. No soy tan romántico.

No, siempre se comportaba de un modo práctico, y por eso tenía tanto éxito en los negocios.

Elena tragó el repentino nudo que se le había formado en la garganta e hizo lo que tenía que haber hecho desde el principio: se giró sobre los talones y volvió a la fiesta. Sintió la presencia de Nick pisándole los talones y se puso tensa. Cuando llegó a su mesa lo tenía tan cerca que le retiró la silla para que ella se sentara.

Nick ocupó su asiento a su lado y le sirvió agua fría en el vaso antes de llenar el suyo. Elena levantó el vaso.

–Si la tía Katherine aceptó ese anillo, entonces supongo que los rumores son ciertos.

Nick se reclinó en la silla.

–Yo tampoco quiero que lo sean –murmuró.

Elena se quedó mirando su expresión sombría. Le vinieron a la cabeza imágenes de sus veranos en Dolphin Bay, de Nick navegando con su padre. Normalmente estaban los dos solos navegando, haciendo pequeñas reparaciones o limpiando el barco.

Había una cosa muy clara: Nick adoraba a su padre. Elena fue consciente de pronto de cuál era su verdadera inquietud. Estaba intentado descifrar el pasado.

–No quieres encontrar el anillo, ¿verdad?

–Si eso significa que tenían una aventura, no.

–¿Crees que no la tenían?

–Espero que hubiera otra razón para que pasaran tanto tiempo juntos.

A Elena se le encogió el estómago al entender que Nick estaba tratando de limpiar la memoria de su padre, un proceso que también incluiría a su tía. En aquel momento, Gemma le hizo una seña.

Aliviada por la interrupción, Elena se levantó de la silla. Se sentía incómoda. Cada vez que creía que tenía calado a Nick, algo cambiaba y le rompía los esquemas.

Tras un rápido abrazo, Gemma dio un paso atrás. Y lanzó el ramo casi al instante. Sorprendida, Elena agarró el fragante ramo de rosas blancas y orquídeas.

Hundió de forma instintiva la nariz en el ramo para aspirar su deliciosa fragancia y sintió un nudo en la garganta. Estaba a punto de perder el control y echarse a llorar allí mismo, porque acababa de darse cuenta de lo mucho que deseaba lo que tenía Gemma: un final feliz con un hombre que la amaba de verdad.

–Deberías habérselo tirado a otra persona.

Gemma frunció el ceño.

–De ninguna manera. Eres mi mejor amiga y además, mírate, estás preciosa. Los hombres van a caer a tus pies –le dio otro abrazo a Elena–. No seré feliz hasta que tú te hayas casado. ¿Quién es ese hombre con el que estás saliendo en Sídney?

Elena evitó cuidadosamente la mirada de Gemma con el pretexto de examinar las flores.

–Robert.

Gemma sonrió y tomó del brazo a Gabriel, que apareció de pronto a su lado.

–Entonces cásate con él. Pero solo si estás enamorada.

Elena forzó una sonrisa.

–Buena idea. Pero primero tiene que pedírmelo.

–Elena volvió a su sitio agarrando el ramo. Fue

muy consciente de que Nick, que estaba hablando con unos amigos, había presenciado la escena.

Marge Hamilton, una dama mayor y muy conocida en Dolphin Bay principalmente por su afición a los cotilleos, se acercó a ella.

–Ya veo que has agarrado el ramo. Una chica inteligente.

–Lo cierto es que me lo han dado…

Marge entornó la mirada.

–Tú serás la siguiente en ir al altar. Ya va siendo hora.

Elena se sentía cada vez más incómoda. Nick estaba lo suficientemente cerca como para escuchar cada palabra. Pero por muy vergonzosa que resultara la conversación, nunca olvidaría que, a pesar de la afición de Margaret al cotilleo, había apoyado a su tía cuando surgió el escándalo.

–Lo cierto es que estoy trabajando en ello –afirmó Elena esbozando una sonrisa.

Marge dirigió la vista hacia la mano izquierda de Elena. Frunció ligeramente el ceño al ver que no tenía anillo de compromiso.

–Suena como si tuvieras a alguien en mente. ¿Cómo se llama, querida?

Elena apretó con fuerza el ramo mientras hacía un esfuerzo por pronunciar el nombre de Robert.

–Es alguien de Sídney.

–¿No es ese joven tan guapo de Atraeus? –Marge le dirigió una mirada desaprobatoria a Zane, que había venido desde Florida y estaba apoyado en la barra con una cerveza en la mano.

–¿Zane? Es mi jefe. No, él se llama…
Marge frunció el ceño.
–Hubo un momento en el que pensamos que atraparías a uno de esos chicos de Atraeus, aunque debo decir que ninguno de ellos se deja.
Elena sintió cómo se tensaba ante la idea de que todo Dolphin Bay especulara con la idea de que quería cazar marido en su lugar de trabajo.
–Trabajo para el Grupo Atraeus. Sería muy poco profesional mezclar los negocios con…
Nick le pasó la mano por la cintura con naturalidad, como si fueran una pareja. Elena sintió su aliento en la mejilla.
–¿Ibas a decir «con el placer»?
Marge parpadeó, como si no pudiera creer lo que veían sus ojos.
–Entiendo que no quisieras decir su nombre, querida. Es un poco prematuro anunciar algo así en una boda familiar.
Con insólita rapidez, Marge sacó un brillante teléfono móvil del bolso de fiesta e hizo una foto. Luego se marchó sonriendo.
Elena se zafó de Nick.
–Iba a decir que sería muy poco profesional mezclar el trabajo con las relaciones personales.
–Que yo sepa, las relaciones personales deben ser placenteras.
–Lo que yo busco es compromiso.
Elena se dio cuenta de que Marge le estaba enseñando la foto a una de sus amigas.
–El chisme correrá por toda la ciudad antes de

que se ponga el sol. Y desafortunadamente, tiene una foto de prueba.

–Debo admitir que no esperaba que tuviera un móvil con cámara –Nick parecía avergonzado.

Para desgracia de Elena, aquello le hacía parecer todavía más sexy. Tuvo que hacer un esfuerzo por contener el irresistible impulso de sonreírle también.

–Nunca subestimes el poder de una mujer con collar de perlas de doble vuelta.

–Maldición. Lo siento, cariño, la novedad solo durará cinco minutos...

–Lo mismo que duró nuestra relación.

La expresión de Nick se ensombreció.

–De acuerdo, supongo que me lo merezco.

Elena dejó al precioso ramo sobre la mesa.

–Entonces, ¿por qué lo has hecho?

La mirada de Nick reflejaba impaciencia.

–Deberías ignorar los cotilleos. A mí me han casado una docena de veces, y sin embargo sigo soltero.

Elena retiró la silla y tomó asiento. No fue capaz de sonreír ni de hacer alguna broma porque en cierto modo no quería que hubiera ningún cotilleo sobre Nick y ella. La noche que habían pasado juntos, por muy desastrosa que hubiera sido, era una experiencia profundamente íntima.

Nick frunció el ceño.

–¿Esto es por Robert?

–Robert no es posesivo –no había tenido tiempo de serlo todavía.

–Un hombre moderno.

Elena trató de centrarse en las parejas que estaban bailando un nuevo vals cuando Nick tomó asiento a su lado.

–¿Y qué tiene eso de malo?

–Nada, supongo, siempre y cuando eso sea lo que tú de verdad quieres.

Elena sintió una opresión en el pecho al escuchar aquellas palabras, que parecían sugerir que tenía que escoger en cierto modo entre Robert y Nick.

Sin saber cómo, en el espacio de unas pocas horas, la situación se le había ido de las manos. No se veía capaz de seguir cerca de Nick mucho tiempo más. Necesitaban resolver el asunto del anillo aquella misma noche.

Se puso de pie tan deprisa que la silla se tambaleó.

Nick murmuró algo entre dientes cuando se puso de pie y sostuvo la silla con un único y certero movimiento. Ella agarró el bolso de fiesta que iba a juego con el vestido.

–Si quieres buscar el anillo, estoy lista. Cuanto antes terminemos con esto, mejor.

Nick estaba tenso cuando cruzó el vestíbulo del hotel y bajó los escalones de entrada.

El sol se había puesto ya, dejando un brillo dorado en el oeste. El aire seguía estando calmado y ligeramente húmedo.

–Mi coche está por ahí –dijo.

Cuando estuvieron al lado del coche, le abrió la puerta a Elena para que subiera. La punzada de celos al saber que Elena no solo había ignorado sus llamadas, sino que en algún momento de las últimas semanas había empezado a salir con alguien, todavía le ardía.

El nombre de Robert Corrado le sonaba, así que seguramente se movía en su círculo de negocios. Dado que Elena era la asistente personal de Zane, seguramente le conocería por el trabajo. Al día siguiente por la mañana llamaría a su jefe de personal para que investigara a Corrado.

Nick apretó las mandíbulas y entró en el coche. Cuando se detuvieron en la entrada rodeada de cipreses, Nick comprobó que el cartel de «se vende» seguía todavía allí. La satisfacción alivió algo de su incomodidad. No necesitaba otra propiedad, y no debería querer aquella casa que estaba tan unida al pasado de su padre.

La oferta que le había hecho a Elena había sido una táctica, el cebo que le proporcionaría acceso a investigar el pasado. Aunque cuando decidió comprarla, el deseo de poseer aquella casa cobró vida propia. Al pensar en ello, se dio cuenta de que sus motivos eran poco prácticos y egoístas. Al comprar la casa confiaba en superar en cierto modo el pasado y cimentar un lazo con Elena.

En cuanto detuvo el coche, Elena le dirigió una sonrisa radiante y profesional y se desabrochó el cinturón de seguridad.

–Acabemos con esto de una vez –abrió la puerta y salió.

Nick apretó las mandíbulas al pensar que, lejos de resultarle irresistible a Elena, parecía estar deseando librarse de él.

Cerró el coche y fue tras ella observando el cálido color miel de las paredes y la exuberante vegetación.

Elena se estaba mostrando reacia a venderle la casa, pero estaba seguro de que podría convencerla. Con el acuerdo que estaba negociando para comprar una parte mayoritaria del Hotel Dolphin Bay en asociación con el Grupo Atraeus, tenía sentido que añadiera la propiedad.

Cuando Elena abrió la puerta de entrada, Nick experimentó una regresión al pasado tan poderosa que estuvo a punto de estrecharla entre sus brazos. Era un brusco recuerdo de que su relación con Elena había estado mal desde el principio, y que seis años después, nada había cambiado.

Elena necesitaba amor, compromiso, matrimonio, y él no estaba hacía seis años en posición de ofrecerle nada de aquello.

El accidente y la muerte de su padre cerraron la puerta a un futuro contacto, pero años más tarde, la atracción seguía siendo igual de poderosa e igual de frustrante.

A pesar de que seguía pensando que una relación no encajaba en su vida, todavía deseaba a Elena.

El hecho de que ella también le deseara a pesar

de todas las barreras que intentaba levantar le tensó todos los músculos del cuerpo. Iban a hacer el amor. Lo sabía, y estaba seguro de que, en el fondo, ella lo sabía también.

Y ahora Nick empezaba a preguntarse si sería suficiente con una noche.

Elena entró en la casa y encendió la luz del vestíbulo. Nick, que iba detrás de ella, le despertó vívidos recuerdos: Nick cerrando la puerta seis años atrás y estrechándola entre sus brazos. Los besos largos y apasionados, como si no tuviera suficiente de ella...

A Elena se le formó un nudo en el estómago. Avanzó hasta llegar a los siguientes interruptores y los encendió todos.

Las brillantes luces iluminaron la salita que quedaba a la izquierda, el salón de la derecha y las escaleras que tenían delante. Dirigiéndole a Nick una sonrisa que a ella misma le pareció falsa, se encaminó a las escaleras.

–Tómate lo que quieras en la cocina. Me cambio y vuelvo enseguida.

Había cuatro dormitorios arriba. Todas las puertas estaban abiertas, permitiendo que circulara el aire. Elena entró en el dormitorio principal, que era el suyo. Era una habitación que su tía se había negado a utilizar y que casualmente fue la que compartió con Nick seis años atrás.

Estaba decorada con el típico estilo árabe, con

una cama de dosel, paredes blancas y suelos oscuros. En el pasado fue el santuario del amor perdido de su tía, y Elena se había esforzado en inyectarle un poco de calidez.

Ahora, con los esponjosos cojines rojos y escarlata ribeteados de hilo dorado, la cama parecía un nido exótico y cálido. Un pedacito de paraíso en aquella casa por lo demás austeramente decorada.

Elena cerró la puerta tras ella y empezó a desabrocharse los botones forrados de seda del vestido rosa con dedos temblorosos. Luego colgó la prenda en el armario y se puso un vestido veraniego color rojo.

Se quitó las sandalias de tacón, se puso unas sandalias rojas y cómodas, una chaqueta negra y fina y bajó.

Cuando entró en el salón vio la chaqueta de Nick tirada en el respaldo de una silla. Las puertas que daban al jardín estaban abiertas, y una luz suave se derramaba en el pequeño patio.

Al encender otra luz, Nick salió de la oscuridad. Olía a sal y a mar. De medio lado, con la incipiente barba cerrada y la camisa abierta a la atura del pecho, estaba increíblemente sexy.

Aunque en el momento en que su fría mirada verde conectó con la suya, aquella impresión se evaporó.

–¿Lista?

–Totalmente. Por aquí –Elena empezó a subir otra vez las escaleras. El corazón le latía con fuerza al sentir los pasos de Nick detrás de ella.

Cuando pasó por delante de su dormitorio, se dio cuenta de que había olvidado cerrar la puerta. Sintiéndose aliviada al ver que Nick no se había fijado en la exótica decoración, subió otro tramo de escalones. Abrió la puerta de un pequeño desván y encendió la luz. Nick agachó la cabeza y entró.

Se quedó mirando la aglomeración de muebles viejos, cajas y baúles.

–¿Es que Katherine nunca tiraba nada?

–Que yo sepa, no. Supongo que si el anillo está en algún lugar de esta casa, será aquí.

Agobiada por el opresivo calor, Elena se acercó al fondo del desván para abrir una ventana.

–¿Por dónde empezamos? –Nick agarró un libro antiguo, un tomo polvoriento de historia árabe. Volvió a dejarlo en su sitio y se quitó el apretado chaleco. Lo dejó encima de una silla y se desabrochó un botón más de la camisa.

Elena apartó la mirada de su pecho y se centró en la tarea que tenía entre manos.

–Por aquí –dijo señalando los baúles más pesados–. Lo del fondo ya está revisado.

Sintiendo cada vez más calor, se desabrochó discretamente los botones de la chaqueta y la abrió, revelando un poco de escote.

Elena abrió el baúl que tenía más cerca. Una nube de polvo le provocó picor en la nariz y sintió los ojos irritados. Parpadeó para librarse de la quemazón.

Nick dejó en el suelo una bacinilla antigua que parecía haber salido del Arca de Noé. Cuando le miró, él alzó una ceja y la tensión que había entre ellos se evaporó. Sintiéndose de pronto irracionalmente feliz, Elena trató de centrarse en el baúl, que parecía estar lleno de instrumentos de tortura. Levantó algo que parecían unos grilletes.

–Ya sé lo que estás pensando –Nick sonrió al incorporarse, inclinando la cabeza para no darse con el techo–. No son para esclavizar a nadie –cerró la caja que había estado escudriñando–, se trata de un utensilio de cocina árabe diseñado para colgar jamones en la despensa. En casa tenemos unos.

Elena dejó los grilletes donde estaban y trató de no derretirse con la sonrisa de Nick. No podía permitirse dejarse llevar por aquella antigua y adictiva atracción.

Nick cerró la tapa de la caja con fuerza. Se hizo un momento de silencio pesado en el que la tensión entre ellos alcanzó un punto sofocante.

–¿Por qué te empeñas tanto en resistirte a mí?

Elena miró a Nick.

–Lo que no entiendo es por qué me deseas.

–Hace seis años que te deseo.

–Apenas nos hemos visto en ese tiempo.

Nick frunció el ceño cuando una ráfaga de viento dio contra el lateral de la casa.

–He estado ocupado.

Amasando una fortuna y saliendo con una larga lista de mujeres hermosas que al parecer no lograban mantener su interés demasiado tiempo. Y evitándola a ella para que no le recordara la fatídica noche.

Y en aquel instante, Elena reconoció una verdad que llevaba semanas evitando: se dio cuenta de que Nick se sentía tan fatalmente atraído hacia ella como ella hacia él. Fuera había comenzado a llover. Las gruesas gotas de agua restallaban contra el tejado.

Una hora más tarde, vaciaron el último baúl.

–Ya está –Elena se sintió aliviada al cerrar la tapa–. Si el anillo no está aquí, es que Katherine nunca lo tuvo. Ya he mirado en todos los demás sitios.

–¿Has buscado en los escritorios que hay abajo?

Elena se limpió las manos en un trapo.

–Y en todos los armarios y cajones –agarró distraídamente un álbum de fotos que decidió llevarse abajo.

Limpió la tapa con el trapo. Al ver la primera página sintió curiosidad. Extrañamente, la mayoría de las fotos eran de la familia Messena.

Era consciente de que Nick tenía también la vista clavada en el álbum. En algún lugar recóndito de su mente, piezas de información separadas se fusionaron en una conclusión a la que tendría que haber llegado mucho tiempo atrás. Nick había mostrado gran interés por todos los álbumes de fotos con los que se había topado. Cuando Elena se colocó aquel bajo el brazo, unas cuantas cartas cayeron al suelo. Se inclinó para recogerlas. Los sobres eran sencillos, aunque de papel bueno y de un elegante tono crema. Las cartas estaban unidas por un lazo de brillante seda blanca.

Sintió un nudo en la garganta. Eran cartas de amor. El sobre de arriba iba dirigido a su tía. El corazón empezó a latirle un poco más deprisa, porque supo sin lugar a dudas que había encontrado una prueba de la relación que su tía mantuvo en secreto hasta su muerte. Elena le dio la vuelta a las cartas.

El nombre de Carlos Messena saltó ante sus ojos, y la razón que unía a su tía y Stefano Messena salió por fin a la luz.

–Misterio resuelto –dijo en voz baja.

Nick dejó el trapo que había utilizado para limpiarse las manos en el respaldo de una silla rota. Pasó por encima de una pila de periódicos viejos y tomó las cartas.

–El tío Carlos –dijo con cierto tono de satisfacción–. Mi padre era el mayor, él el segundo. Carlos murió hace unos treinta años cuando estaba de servicio en el extranjero. Esa es la razón por la que papá le dio el anillo a Katherine. Según la tradición, se les entregaba a las novias del segundo hijo de la familia. Si Katherine y Carlos se hubieran casado, el anillo habría sido suyo.

Nick desató el lazo con cuidado y colocó en abanico las cartas sobre el baúl, comprobando las fechas de cada una de ellas.

Conteniendo el aliento, porque leer la correspondencia personal le parecía incluso ahora una invasión a la intimidad, Elena agarró la primera carta. Estaba escrita con caligrafía de trazo fuerte, y Elena se sintió inmediatamente transportada a una historia de amor que había terminado casi antes de empezar, tras una única noche juntos.

Sintió una corriente de empatía al descubrir el breve romance que había terminado bruscamente cuando Carlos, que era oficial de Marina, fue enviado al extranjero.

Elena dobló otra vez la carta y la metió otra vez en el sobre. Nick le pasó el contenido del sobre que él acababa de abrir. Estaba escrita en un papel más barato y más burdo y con otra letra. No se trataba de una carta de amor, pero en cierto modo el contenido era todavía más personal: una nota corta, la foto en blanco y negro de un bebé de unos dos años, un certificado de nacimiento y los papeles de adopción de un niño llamado Michael Carlos.

El misterio de la relación de Stefano con Katherine quedaba finalmente resuelto: la había estado ayudando a encontrar al niño que había dado en adopción. Un niño que también era Messena.

Nick observó la dirección del último sobre.

–Emilia Ambrosi –sacudió la cabeza–. Es una prima lejana de los Ambrosi de Pearl House. Tal vez me equivoque, pero por lo que yo sé, todavía vive en Medinos –dejó escapar un suspiro–. Medinos es el único sitio en el que no hemos buscado.

Elena apartó un instante la atención de los escasos detalles de aquel niño.

–¿Tú sabías que la tía Katherine tenía un hijo?

–Me parecía posible, pero no tenía pruebas.

Mareada ante el secreto que su tía había guardado, le tendió a Nick la nota, la foto y el certificado de nacimiento.

Recogió las cartas, las ató con el lazó y se preparó para hacerse a la idea de que Nick se marcharía en cuestión de minutos.

Debería estar contenta de que hubieran resuelto el misterio. Su tía había perdido trágicamente a Carlos, pero al menos había conocido el amor. Había sido amada. No habían encontrado el anillo, pero seguramente Katherine se lo habría enviado a su hijo, quien probablemente vivía en Medinos.

Elena bajó hasta el segundo piso. Dejó el álbum y la chaqueta en una cómoda del pasillo, se lavó las manos y la cara y esperó mientras Nick hacía lo mismo.

Sentía curiosidad por saber si la tía Katherine había incluido más fotos de su hijo en el álbum, así que pasó la primera página. Para su sorpresa, las demás estaban llenas de fotos de los Messena cuando eran niños pequeños.

La mirada de Nick se cruzó con la suya cuando salió del baño, y la tensión que había vibrado entre ellos en el desván volvió a cobrar vida.

Elena cerró el álbum de golpe.

–Debiste sospechar desde el principio que un anillo de compromiso, un legado familiar, era un regalo extraño para una amante.

Con el chaleco abierto, la camisa desabrochada hasta el pecho y las mangas subidas, Nick tenía un aspecto duro y masculino.

–Para mí sí, desde luego.

La idea de que Nick les hiciera regalos a las mujeres que amaba y apreciaba le provocó un estallido familiar de dolor y rabia. Tras la noche que habían pasado juntos, a ella ni siquiera le había hecho una llamada telefónica.

–¿Qué escogerías tú? ¿Rosas? ¿Una cena? ¿Unas vacaciones tropicales?

Nick adquirió una expresión cautelosa.

–Yo no suelo mandar regalos.

–Qué buena estrategia –Elena sonrió radiante–. ¿Para qué animar a la mujer con la que estás cuando siempre hay otra guardando cola?

Se hizo un instante de silencio mientras la noche húmeda y cálida parecía cernirse sobre ellos, aislándolos en el pasillo tenuemente iluminado.

Nick frunció el ceño.

–Que yo sepa, no hay ninguna cola.

Seguramente porque no se quedaba nunca el tiempo suficiente para que se formara una. Nick era de los que tenían un amor en cada puerto.

Elena no pudo evitar expresar lo que pensaba en voz alta.

–Tal vez si te lo tomaras con más calma y te quedaras el tiempo suficiente en algún sitio, se formaría esa cola.

Y de pronto Nick estaba tan cerca que podía sentir el calor que irradiaba, aspirar el aroma de su jabón y su loción para después del afeitado. Elena se quedó mirando el pulso que le latía en el cuello.

Nick puso una mano en la pared que había detrás de Elena, acorralándola sutilmente.

–Con mi ritmo de vida, el compromiso nunca ha sido una opción.

–Entonces tal vez deberías plantearte tu ritmo de vida. No es que yo tenga ningún interés en tener una relación contigo –se apresuró a aclarar–. Ya tengo a Robert.

Aquello no era del todo cierto, y la mentirijilla hizo que se sonrojara. Pero de pronto le había parecido muy importante tener a alguien, no parecer una perdedora total en el mundo de las relaciones.

Nick frunció el ceño.

–Me alegro de que tengamos claro ese punto.

–Totalmente. Clarísimo –pero el corazón de Elena latió con fuerza al escuchar el tono de Nick, como si no le hubiera hecho mucha gracia la referencia a Robert.

Nick le sostuvo la mandíbula con la mano. El calor de sus dedos le acarició la piel.

–Entonces, ¿somos solo amigos? –inclinó la cabeza con la suficiente lentitud como para que ella pudiera evitar el beso si quería.

Una oleada de calor la atravesó cuando su boca tocó la suya. Podría apartarse. Un paso y pondría fin a la embriagadora felicidad que se apoderó de ella al pensar, solo pensar, que tal vez habían avanzado un paso al haber descubierto el motivo de la relación entre sus padre y su tía.

Ahora que el pasado estaba resuelto, no resultaba tan imposible que ellos tuvieran una relación.

Con el corazón latiéndole con fuerza mientras

se besaban, Elena se puso de puntillas y se agarró a uno de los fuertes hombros de Nick. La noción de que podrían tener futuro le resultaba dolorosamente adictiva. No recordaba haberse sentido nunca tan viva.

Excepto, tal vez, seis años atrás.

Aquella idea tendría que haber bastado para detenerla. Pero el tiempo, el desierto emocional que había cruzado después de Nick, le habían enseñado una lección muy beneficiosa.

Necesitaba ser amada, y no quería quedarse sola bajo ningún concepto. Pero hasta el momento, su búsqueda había resultado infructuosa porque no había química. Por otro lado, Nick no cumplía ninguno de los demás requisitos, solamente contaba con la química.

Nick apartó la boca. Le soltó la mandíbula como si le costara trabajo hacerlo, como si él tampoco quisiera poner fin al beso.

Aspirando con fuerza el aire, Elena soltó el hombro de Nick.

¿Una relación con él? ¿Pensar tal vez en boda? Era un cambio radical de su modo de pensar. No sabía si Nick podría ser algo más que una atracción fatal. Lo único que sabía era que tenía la mirada clavada en la suya, y que la posibilidad parecía flotar en el aire.

También ayudaba saber que estaba a punto de perderlo en aproximadamente dos minutos.

Elena suspiró. Si quería tener a Nick, tendría que arriesgarse. Tendría que luchar por él.

Capítulo Cinco

Los dedos de la mano libre le agarraron una de las solapas del chaleco y deslizó el pulgar por el botón.

La mirada de Nick reflejó sorpresa ante aquel pequeño gesto de posesión.

–Tengo que irme por la mañana temprano.

Elena hizo un esfuerzo por disimular el impacto que le produjo la rapidez con la que Nick dio por hecho que iban a pasar la noche juntos. Y la punzada de dolor ante el brusco aviso de que tenía que irse. Ella ya sabía que tenía negocios que atender.

–Sí.

–¿No te importa?

Sí le importaba, y mucho, pero no estaba dispuesta a hacérselo saber. Había decidido correr el riesgo de intentar tener una relación con Nick. Lo que significaba que tenía que endurecerse, porque sin duda implicaría dolor.

Forzó una sonrisa.

–Yo solo voy a estar también unos días aquí, tengo que volver a Sídney.

Nick le acarició el pelo con un dedo, y Elena trató de que no le gustara demasiado.

–Por cierto, mis citas suelen tener lugar de forma esporádica, cuando compito en alguna regata.

Aquello no era ninguna novedad para Elena. Su jefe también navegaba, lo que significaba que había varias revistas de vela por la oficina. El nombre de Nick solía aparecer en ellas.

–Algo que sucede con mucha frecuencia.

Ella aspiró su aroma y trató de apartar la mirada de la piel que le asomaba bajo la camisa abierta. Las manos de Nick se cerraron en la piel de sus brazos, provocándole escalofríos.

–Eso dicen las revistas. Pero los dos sabemos que no es una fuente de información muy fiable –Nick inclinó la cabeza y acercó la boca a la suya–. Si no quieres que me quede a pasar la noche, dilo y te dejaré sola.

Cuando la acercó hacia sí, Elena le agarró las solapas de la camisa, manteniendo una pequeña distancia. Aunque estaba dispuesta a pasar una única noche con él, necesitaba algo más.

–¿Por qué yo?

–Por la misma razón de siempre. Me siento atraído por ti. Me gustas.

Un mes atrás, Nick le había dicho en una calle de Auckland que ella le gustaba. No era suficiente, pero unido a la química que había entre ellos y a que la disputa entre sus familias había quedado ya saldada, le parecía viable de pronto tener una relación con él.

Se puso de puntillas y le besó. Una décima de segundo más tarde se vio en sus brazos. Elena experimentó una embriagadora sensación de inevitabilidad. Le rodeó el cuello con los brazos y se pegó todavía más a los ángulos de su cuerpo.

Después de tantos años mostrándose calmada, de no perder nunca la compostura, había algo emocionante en abandonarse a una apasionada aventura con Nick.

–Así está mejor –Nick sonrió antes de volver a posar la boca en la suya.

Elena entendió entonces la razón por la que tenía tanto éxito con las mujeres. A pesar de los duros músculos y la actitud despreocupada, poseía una simpatía que derretía a las mujeres.

La luz del pasillo proyectaba sombras cuando entraron en el dormitorio.

Sintió en la espalda la suavidad de la enorme cama, con sus cojines apilados y la lujosa colcha roja. Era una cama de matrimonio tradicional árabe, arreglada para una noche de bodas. El dormitorio que ella había decorado esperanzada.

El mismo dormitorio en el que Nick le había hecho el amor la última vez.

La luz de la luna se filtraba a través de un grueso velo nupcial de gasa que remataba el ventanal cuando Nick dejó a Elena en el suelo de mármol.

Él se quitó la camisa, dejando al descubierto unos hombros poderosos, un pecho ancho y abdominales marcados.

Su boca capturó la de ella y la atrajo hacia la firmeza de su cuerpo. El contacto de piel contra piel provocó que Elena se mareara un instante, pero a pesar de todo, los besos y la fuerza musculosa de su pecho, sentía como si hubiera vuelto a casa.

Poniéndose de puntillas, le rodeó el cuello con los brazos y la besó. Sintió cómo le deslizaba la cremallera del vestido. Unos segundos más tarde se bajó los tirantes y dejó que el vestido de algodón fino cayera al suelo. Otro beso largo y se quedó sin sujetador.

Nick se inclinó y se llevó un seno a la boca. Durante un largo y doloroso instante fue como si la noche se detuviera.

Elena le escuchó contener el aliento. Una décima de segundo más tarde se vio encima de la cama de seda.

Sintiéndose un poco insegura y expuesta, Elena se metió bajo la colcha roja. Una inesperada emoción se apoderó de ella al ver cómo Nick se quitaba los pantalones. Escuchó distraídamente algo parecido a un sobre rasgándose. La cama se hundió cuando Nick apartó la colcha y se acostó a su lado. El calor de su cuerpo le provocó un escalofrío cuando la atrajo hacia sí.

Nick clavó la mirada en la suya. La suavidad que Elena había percibido en el pasillo le proporcionó la confianza que de pronto necesitaba desesperadamente.

Nick se apoyó en un codo y frunció ligeramente el ceño.

–¿Estás bien?

Ella le acarició la mandíbula y trató de componer una sonrisa confiada.

–Muy bien.

Nick le acarició la mejilla con uno de sus largos dedos.

–Entonces, ¿por qué tengo la sensación de que no estás del todo cómoda con esto?

–Seguramente porque hace mucho que no hago esto.

A él le brillaron los ojos.

–¿Cuánto tiempo hace?

–Mmm... unos seis años. Supongo que, dado lo que ocurrió aquella noche, no es algo fácil de olvidar.

–Aunque no hubiera ocurrido el accidente, recordaría aquella noche –aseguró con voz pausada–. Tú eras virgen.

Durante una décima de segundo, Elena percibió su indecisión, de pronto tuvo miedo de que Nick abandonara la idea de hacer el amor con ella, de perder la oportunidad de recuperarlo, así que aspiró con fuerza el aire y le deslizó audazmente una mano por el pecho.

–Ahora ya no soy virgen.

Nick le atrapó la mano bajo la suya y tiró de ella para acercarla a su pecho.

–Bien –se giró y se colocó encima de ella, hundiendo ligeramente el colchón. Inclinó la cabeza y la besó en la boca y en el cuello hasta tomarle finalmente un seno en la boca.

Elena se puso tensa y le deslizó las manos por los hombros, sintiendo cómo una llamarada de fuego le recorría la espalda.

Nick dirigió la atención al otro seno, y en aquel momento el deseo y el calor se condensaron, haciendo explosión en un estallido de placer.

Nick murmuró algo entre dientes. Elena lo sintió entre las piernas, y una sensación de alivio se apoderó de ella cuando entró lentamente en su cuerpo.

Le sostuvo la cara entre las manos, lo atrajo hacia sí y lo besó en la boca.

–No pares.

Nick le retiró suavemente con el pulgar una lágrima que se le había escapado sin saber cómo del ojo y luego la abrazó con exquisito cuidado y ternura, como si la amara. Un placer apasionado que todavía le resultaba familiar a pesar de los años que habían pasado comenzó a abrirse camino cuando empezaron a moverse.

Fundidos en la profundidad de la noche, con la angustia del dolor del pasado disuelta, lo único que importaba era el modo en que Nick la abrazaba, cómo la hacía sentir mientras la intensidad alcanzaba su máxima cota y la noche seguía su curso.

Elena se despertó acurrucada en el calor del cuerpo de Nick. Él la rodeaba por la cintura estrechamente.

Experimentó una oleada de felicidad. Había corrido el riesgo y estaba funcionando. Nick había sido dulce y tierno, y la pasión había sido incluso más intensa que antes.

Estaba convencida de que en esta ocasión sí tenían una oportunidad de verdad.

El comienzo en falso de seis años atrás había enfangado las aguas, pero el dolor del pasado era insignificante comparado con la felicidad y el placer que tenían por delante.

Elena sonrió y trató de volver a dormirse. Todo estaba perdonado. No podía permitir que el pasado se interpusiera cuando estaba a punto de lanzarse al precipicio del amor verdadero.

El sonido de la alarma de un despertador sacó a Elena de un sueño profundo. Se dio la vuelta y buscó a Nick. La almohada en la que antes tenía apoyada la cabeza seguía caliente, pero el otro lado de la voluminosa cama estaba vacío.

La luz de la luna se filtraba por la ventana, arrojando luz sobre Nick, que se estaba poniendo la ropa con gesto apurado. Su mirada se cruzó con la de Elena cuando se estaba abrochando la camisa.

–Tengo que irme ya si no quiero perder el vuelo.

Elena se puso de pie de un salto con la sábana alrededor de los senos. Recordó lo que Nick le había contado la noche anterior sus planes.

–El vuelo a Sídney.

El lateral de la cama se hundió cuando Nick se puso los calcetines y los zapatos.

–Tengo varias reuniones que no puedo cancelar. Son importantes.

–Por supuesto –más importantes que explorar

la pasión que habían encontrado juntos, o la fascinante sensación de que estaban a punto de descubrir algo especial. Elena forzó una sonrisa–. Lo entiendo perfectamente.

Nick tenía una mirada extrañamente neutra cuando agarró el teléfono de la mesilla de noche y se lo guardó en el bolsillo. Elena sintió un incómodo nudo en el estómago. Como si ya se hubiera distanciado de lo que habían hecho.

Nick se inclinó y recogió algo del suelo. Cuando se incorporó, Elena reconoció el paquete de cartas de amor.

–Dejaré esto en su sitio.

–Bien. Estoy segura de que tu madre sentirá alivio al saber que Stefano solo estaba ayudando a Katherine a encontrar al hijo que dio en adopción.

Nick miró de reojo el reloj. Luego se inclinó sobre la cama y la besó.

–Gracias. Ha sido... algo especial.

Elena se quedó paralizada. La incomodidad del momento se expandió cuando ella no respondió, pero se había quedado sin recursos.

Nick había conseguido lo que quería: poner fin al escándalo que había hecho daño a su familia y otra noche de pasión. Ahora estaba intentando alejarse de cualquier sugerencia de relación marchándose lo más rápidamente posible.

Elena apretó las sábanas cuando Nick salió del dormitorio. Escuchó cómo bajaba las escaleras y luego el sonido de la puerta de entrada cerrándose suavemente. Unos segundos más tarde, el motor del todoterreno rompió la tranquilidad del amanecer.

Elena parpadeó y tomó la decisión de no llorar. Ahora entendía por qué las relaciones de Nick terminaban tan rápidamente. Había puesto fin a una noche de pasión del mismo modo que cerraría un negocio: con premura y con la mirada puesta en el siguiente objetivo.

Se dio cuenta de que había sido un error volver al lugar de los hechos y acostarse otra vez con Nick. Agarrándose a la sábana de seda, se acercó al espejo oval. La luz de la luna resultaba muy favorecedora. Por fin era atractiva, del modo que quería serlo.

Aunque Nick no parecía darse cuenta. No había conseguido que se enamorara de ella. Aquella había sido su esperanza secreta cuando empezó el proceso de mejorar su aspecto. Admitir que complacer a Nick había sido su motivación para el cambio resultaba doloroso, pero tenía que ser sincera consigo misma si quería seguir adelante.

Llevaba años en el limbo de las relaciones. Y cuando estaba a punto de conseguir una relación romántica y sana con un hombre agradable, había vuelto a lanzarse a los brazos de Nick. Subiéndose la sábana, se acercó a la ventana y apartó la gruesa cortina de velo blanco. El pálido brillo del este indicaba que el sol saldría pronto. Tenía que ducharse, vestirse y trazar un plan.

No repetiría el mismo error nunca más. Había terminado para siempre con Nick Messena.

***

Nick contuvo un bostezo mientras le daba un sorbo al café durante el vuelo a Sídney.

Kyle, que iba con él como representante de los intereses del banco en el acuerdo de sociedad que estaba negociando con el Grupo Atraeus, pasó la página del periódico.

–¿Encontraste el anillo?

Nick le dio otro sorbo a su café.

–Todavía no.

Le había informado brevemente a Kyle de las cartas de amor y de los papeles de adopción que habían encontrado, y que había pasado a ver a su madre para hablar con ella antes de dejar Dolphin Bay.

Aquello era lo que más le importaba. La expresión de alivio de Luisa Messena le hizo saber lo mucho que deseaba conocer aquella información.

Kyle bajó el periódico.

–Parece que Elena y tú por fin os lleváis bien. Lo último que me contaste fue que no te respondía las llamadas.

–Hemos encontrado un punto de entendimiento.

–Ha pasado algo –la mirada de Kyle adquirió una expresión penetrante–. Te has vuelto a acostar con ella.

Nick agarró la taza de café con más fuerza.

–No debí habértelo contado hace seis años.

Kyle se encogió de hombros.

–Papá acababa de morir. Estabas emocionalmente inestable, como era de esperar.

Nick se terminó el café y dejó la taza en la bandeja del asiento.

–Según la familia, tengo las emociones de una piedra.

–En cualquier caso, te has acostado dos veces con Elena Lyon. Eso es... complicado.

Nick pensó que aquella no era la palabra adecuada. No había nada de complicado en lo que habían hecho ni en lo que él sentía.

Se había visto atrapado en la misma espiral visceral de atracción que lo envolvió la noche en que murió su padre. Una atracción que relacionó desde entonces con el dolor y la pérdida, y con lo que creyó que era una traición por parte de su padre.

Con la certeza de que su padre y Katherine no habían tenido una relación, debería haber sido capaz de ver a Elena igual que a otras amantes del pasado. Como una mujer atractiva e inteligente que pasó brevemente por su vida.

Pero saber que Elena no se había acostado con nadie aparte de él hizo que le sonara una alarma de advertencia que no pudo ignorar.

Había reaccionado como un imbécil. Por muy adictivas que hubieran sido las horas que pasó con ella, tras tantos años evitando cualquier implicación sentimental, se dio cuenta de que no podía dar de pronto un giro completo.

Aunque quisiera pasar más tiempo con ella, o

más absurdo todavía, llevársela con él, la idea de estar tan cerca de alguien le provocaba sudores fríos.

Kyle le hizo una seña al auxiliar de vuelo para que le sirviera más café.

–Si no quieres hablar de ello me parece bien, pero tal vez quieras echarle un vistazo a esto.

Nick agarró el periódico sensacionalista que Kyle había estado leyendo y leyó la noticia de la boda de Gabriel y Gemma. Los detalles de la ceremonia eran correctos, pero no eran su hermano y su esposa los que salían en las fotos en blanco y negro.

Alguien había cometido el error de poner la foto de Elena y él besándose en los escalones de la iglesia. Y otra de Nick ayudando a Elena a subirse a la limusina. Una tercera imagen los mostraba juntos en el banquete. Al parecer, ahora estaban de camino hacia la luna de miel.

Nick dobló el periódico y se lo devolvió a Kyle sin decir nada. Pensó huraño en la noche que había pasado con Elena, otro encuentro cargado de pasión que demostró ser tan memorable y adictivo como el primero.

No había sido capaz de resistirse, y el resultado había sido que Elena había terminado herida.

Nick sacó un sobre del maletín y se quedó mirando la copia borrosa del certificado de nacimiento y la foto del niño que había llevado consigo.

La razón por la que le había entregado el anillo a Katherine, una buena porción de la fortuna de los Messena, era porque le pertenecía a su primo perdido. Había nacido el mismo año que Nick, lo que significa que Michael Ambrosi tendría su misma edad, veintinueve años.

La imagen de su padre la última vez que lo vio vivo cruzó por su mente. El corazón se le encogió ante la vívida escena de Stefano Messena navegando en su yate con expresión relajada.

Por primera vez, Nick se dio cuenta de que no había sido capaz de permitir que nadie se acercara demasiado a él desde que su padre murió.

Sabía cuál era el problema. Lo supo desde el momento que vio las cartas de amor y el certificado de nacimiento escondidos en el álbum de fotos de Katherine Lyon.

Su padre y él estaban tan unidos que, aunque intentara desconectar y seguir adelante, en realidad había permanecido atrapado en el dolor y la negación. Lo último que deseaba era sumergirse en otra relación.

Su madre y sus hermanas le habían señalado abiertamente su incapacidad para abrirse. Las palabras «disfunción» y «evitación» habían salido varias veces en sus conversaciones.

Nick no había querido entrar en el tema. Tal vez fuera algo masculino, pero pensaba que cuando sintiera deseos de implicarse en una relación, lo haría.

Pero algo cambió en el instante en que descubrió la posibilidad de que Stefano Messena hubiera podido ser infiel.

Nick sintió una opresión en el pecho tan fuerte que durante unos segundos no pudo respirar. Apretó con fuerza el certificado de nacimiento.

Se permitió a regañadientes recordar aquella noche. El tiempo que pasó esperando la ambulancia, aunque sabía que ya era demasiado tarde. El dolor y la furia que sintió ante el modo en que su padre había muerto.

Ahora sabía que había sido solo mala suerte. La fuerte lluvia provocó que la calzada fuera resbaladiza. Seguramente conducía tan tarde porque quería llegar a casa. Con la esposa y la familia que amaba.

Nick volvió a guardar el certificado y la foto en el maletín. Personalmente, no le importaba nada el anillo, que, en cualquier caso, le pertenecía a Michael Ambrosi. Lo que él quería ya lo había conseguido: recuperar a su padre.

Cuando aterrizaron en Sídney, la prensa le estaba esperando en la terminal de llegadas.

Nick gruño y puso cara de póquer. Kyle sonrió.

–¿Quieres que haga alguna declaración?

–Solo prométeme que no dirás nada.

Todas las preguntas estaban centradas en Elena, como era de esperar. Lo que a Nick le sorprendió fue su propia reacción. En lugar de mostrarse indiferente, cada vez que un periodista le hacía una pregunta indiscreta, sentía una oleada de rabia.

Cuando llegó a la fila de taxis, sentía deseos de asesinar a alguno de aquellos periodistas.

Treinta minutos más tarde llegaron a las oficinas de Atraeus. Nick se había calmado algo, pero la pérdida de control señalaba un cambio en él que no esperaba. Normalmente, cuando ponía fin a una relación de la que se sentía distanciado, se centraba en su siguiente proyecto de trabajo. En aquel momento, sin embargo, le costaba concentrarse en algo que no fuera Elena.

Pensar en qué estaría haciendo, en lo que pensaría de él, comenzaba a convertirse en una obsesión.

La idea de que se hiciera finalmente el tatuaje, o peor todavía, que volviera con el misterioso Robert, le pareció de pronto un asunto más importante que la compra del hotel.

Cuando subieron al ascensor, Nick sacó el móvil y llamó a su asistente personal para que encargara una investigación sobre Corrado. Quería un informe completo de sus negocios y una foto.

Colgó cuando se abrieron las puertas del ascensor en la planta de las oficinas de Atraeus.

Constantine Atraeus, que iba a encargarse directamente de la negociación, salió y les estrechó la mano.

Constantine era familia y amigo. Tenía treinta y pocos años y era inmensamente rico, con fama de conseguir siempre lo que quería.

Unos minutos más tarde, con el acuerdo sobre la mesa, Nick tendría que haberse sentido en la luna. Pero le resultaba difícil centrarse. Kyle no dejaba de lanzarle miradas interrogantes porque le estaba costando mucho leerse el papeleo. Nick hizo un esfuerzo por terminar la cláusula que estaba leyendo, aunque sabía que iba a tener que releerla porque no había entendido ni una palabra.

Tenía el pulso acelerado y el corazón le latió con fuerza al darse cuenta de la causa de incapacidad de concentración.

Quería estar con Elena. Quería volver a estrecharla entre sus brazos, tenerla en la cama. Y eso suponía un problema, ya que aquella mañana la había dejado plantada. Otra vez.

Ya había sido bastante difícil conseguir que confiara en él. Había sido un proceso lento y laborioso que había llevado semanas desde la primera llamada. Elena se había negado a contestar sus llamadas y había hecho todo lo posible para evitarle. Solo había logrado acercarse a ella porque tuvo la suerte de que su hermano se casara con la mejor amiga de Elena.

Si quería recuperarla, iba a tener que idear una situación en la que tuviera tiempo para convencerla de que le diera una segunda oportunidad.

Durante unos segundos, Nick se sintió desorientado. Podría darse de patadas por el error que había cometido. Había tenido a Elena en sus brazos y luego la había dejado ir.

Y había complicado la situación al dejarle el camino libre a Corrado.

Si quería recuperar a Elena iba a tener que moverse rápido. Las estrategias normales para una cita no funcionarían, tendría que utilizar la lógica que empleaba en los negocios.

Con el acuerdo firmado, tendrían un vínculo vital en común: el Grupo Atraeus. No sería exactamente su jefe, pero la atraería a su órbita.

Había tenido dos oportunidades con Elena y había estropeado las dos. No sabía si podría crear una tercera, pero le quedaba un resquicio que podía aprovechar.

Por mucho que lo intentara, Elena no podía ocultar que era incapaz de resistirse a él.

Capítulo Seis

Maestro de la seducción encuentra la horma de su zapato.

Elena se quedó mirando horrorizada la noticia que del periódico sensacionalista sobre la boda.

Alguien había cometido un terrible error. Habían utilizado la foto de Nick y ella en las escaleras en lugar de la Gemma y Gabriel. Se sintió avergonzada al imaginar el momento en que Nick viera aquella foto, que representaba justo lo opuesto a lo que él quería.

Por muy maravillosa que hubiera sido la noche, algo había salido mal. Terminaron en el momento en que Nick salió del dormitorio sin mirar atrás. Ella no había tratado de retenerlo, pero eso no impedía que le hubiera dolido el hecho de ver a Nick marcharse por segunda vez.

Ni que con una única noche hubiera estado dispuesta a sacrificarlo todo con tal de estar con él.

Elena cerró el periódico. No podía volver a ser una víctima otra vez. Había cambiado su aspecto externo y ahora tenía que trabajar duro para cambiar su vida.

En primer lugar, aceptaría el puesto que Constantine Atraeus le había sugerido. Con sus habilidades como asistente personal, el diplomado en psicología que había obtenido en la universidad y su reciente experiencia en el mundo de los centros de belleza, estaba preparada para encargarse de los spas de los Atraeus.

Sería una ejecutiva. Estaba cansada de encargarse de cumplir los deseos de los millonarios Atraeus, que apreciaban su capacidad pero no la veían como persona.

Dos breves llamadas más tarde, su vida cambió oficialmente.

Zane no estaba contento porque se había acostumbrado a que ella se encargara de todos los detalles de su vida laboral y de los viajes. Sin embargo, se mostró pragmático porque podría ofrecerle el puesto a su prometida, Lilah.

Cuando Elena colgó, se sentía un poco mareada. Tenía que planear un plan de acción. Necesitaba reglas.

Regla número uno: no dejarse arrastrar a la cama de Nick.

Regla número dos: repetir la primera.

Ya pensaría el resto sobre la marcha.

Se acercó al espejo y observó su reflejo. Se fijó con ojo crítico en el traje que llevaba. Era rosa. Se había cansado del rosa. Era un traje demasiado femenino, demasiado bonito.

Necesitaba renovar su guardarropa y librarse de los encajes y los volantes. A partir de aquel momento, el rojo sería su color favorito.

También se dijo que debía animar un poco más a Robert. Si tenían una relación de verdad, supuso que no sería tan vulnerable para un lobo como Nick Messena.

Un mes más tarde, Elena abrió los ojos cuando le quitaron unos algodones astringentes delicadamente perfumados.

Yasmin, la responsable de las terapias de belleza del Spa Atraeus en el que había pasado las tres últimas semanas, le sonrió.

–Ahora puedes sentarte y te haré las uñas. Tienes que estar perfecta para tu cita de esta tarde. ¿Cómo has dicho que se llama él?

–Robert.

Se hizo un silencio educado.

–Suena a bola de fuego.

–Es tranquilo. Es contable.

Yasmin arrugó su bonita nariz.

–Nunca he salido con uno de esos.

Elena pensó en las agradables citas que había tenido con Robert.

–Tiene mucho sentido del humor.

Yasmin le dirigió una sonrisa tranquilizadora mientras escogía un pintura de uñas roja.

–Eso es importante –le mostró la laca.

Elena asintió en señal de aprobación hacia un color que normalmente habría rechazado. Pero con su nueva transformación, los tonos rojos y escarlata se habían vuelto sus colores favoritos. Extrañamente, pensó en lo que pensaría Nick de su color de uñas.

Frunció el ceño y borró aquel pensamiento.

Yasmin agarró una de las manos de Elena y empezó a trabajarle las cutículas.

–Y dime, ¿cómo es Robert?

Elena apartó de la mente a Nick e hizo un esfuerzo por centrarse en Robert.

–Tiene los ojos verdes y el cabello rubio oscuro.

Yasmin le soltó la mano y le agarró la otra.

–Entonces se parece a Nick Messena.

Solo que Robert no tenía un verde tan penetrante, ni mechones dorados en el pelo.

–Un poco.

–Bueno, si se parece un poco a Nick Messena tiene que ser sexy.

–Yo no diría que Robert es sexy.

–¿Entonces?

Elena observó cómo Yasmin le pintaba cuidadosamente un uña.

–Es... simpático. Siempre va muy arreglado. Es de constitución media, y no es nada brusco ni bravucón.

Todos aquellos atributos eran lo contrario del encanto natural de Nick. Lo había comprobado hacía semanas antes de tomar la decisión de salir con Robert por primera vez. Después de todo, ¿qué sentido tenía repetir el mismo error? Quería un hombre que fuera bueno para ella. Un hombre capaz de comprometerse.

Yasmin le pintó otra uña.

–Parece casi perfecto.

–Si hubiera una definición para la pareja perfecta, esa sería Robert.

–Hablando de hombres perfectos, el otro día vi una foto de Nick Messena en una revista –Yasmin sacudió la cabeza–. No puedo creer lo sexy que es. Esa nariz rota... debería ser fea, y en cambio es irresistible.

Elena apretó las mandíbulas para controlar la repentina punzada de celos. Tragó saliva. Tener celos significaba que no había conseguido olvidar completamente a Nick. Significaba que todavía le importaba.

–¿Por qué será que la nariz rota hace a un hombre más atractivo?

–Porque se ha peleado. Los hombres perfectos parecen recién salidos del envoltorio. Que no han probado la presión –Yasmin sonrió–. Debo admitir que me gustan los hombres a los que parece no importarles sudar.

Elena parpadeó al recordar de pronto la imagen de Nick años atrás, cuando pasó por delante de una obra y le vio de reojo sin camisa, lleno de polvo y de grasa, con un sombrero en la cabeza.

–Creo que deberíamos hablar de otra cosa.

–Claro –Yasmin le dirigió una mirada que indicaba que Elena era la clienta.

Al día siguiente, tras otra agradable cita con Robert en la que fueron a una cena de su empresa,

Elena hizo la maleta y estaba lista para volver a Nueva Zelanda. Pasaría un par de días en Auckland y luego viajaría a Dolphin Bay, donde tenía pensado añadir un nuevo servicio al hotel: un fin de semana de cuidados que incluía un seminario sobre relaciones que ella misma había creado.

El estómago le dio un vuelco cuando el taxista le puso el equipaje en el maletero. Aunque fuera a ir a Dolphin Bay, eso no significaba que tuviera que encontrarse con Nick. Tal vez ni siquiera estuviera en el país.

Y aunque así fuera, había conseguido evitarle durante años. Podría volver a evitarlo.

Recuperaría a Elena, solo era cuestión de tiempo. Aunque le hubiera vuelto a colgar el teléfono. Nick dejó con gesto malhumorado el teléfono sobre la brillante superficie de caoba del escritorio.

No era una buena señal. Una oleada familiar de frustración le tensó todos los músculos del cuerpo cuando se levantó de la silla de la oficina e ignoró la taza de café humeante que tenía en la mesa. Abrió las puertas del balcón y miró hacia Dolphin Bay.

Una neblina formada por el calor colgaba en el horizonte, fundiendo el mar con el cielo. Más cerca, un reducido número de caros yates flotaba en los muelles, incluido el suyo, el Saraband.

Salió a la terraza y supervisó sus nuevos dominios. Ahora poseía el cincuenta y uno por ciento de la cadena hotelera. Aquello suponía un nuevo giro en su plan de negocios, un giro que servía para atar lazos con la familia Atraeus y sus intereses.

Agarrándose al brillante pasamanos de cromo, observó las terrazas del hotel. Dirigió la mirada hacia las brillantes piscinas turquesas situadas entre frescas palmeras. Aunque lo que le llamó la atención fue el tejado de la villa que había en la curva adyacente a la bahía.

Un destello de la noche que pasó con Elena nubló la preciosa escena tropical. El calor de aquel recuerdo fue reemplazado por la sensación de vació que se apoderó de él cuando salió de la casa de la playa justo antes del amanecer.

Su madre y sus dos hermanas le habían leído muchas veces la cartilla por la cantidad de mujeres con las que salía.

Y ahora ya no tenía la excusa de la supuesta traición de su padre. Como señaló una de sus hermanas, se había quedado sin excusas. Había llegado el momento de enfrentarse a su renuencia a tener una relación.

Una llamada a la puerta le arrancó de sus pensamientos. Se abrió y apareció Jenna, su nueva y eficiente asistente personal, agitando el informe que le había pedido y dejándolo sobre la mesa.

La joven le dirigió una de aquellas sonrisas profesionales que había empezado a ponerle nervioso. Jenna se detuvo en la puerta con expresión confiada y segura de sí misma.

–Vamos a bajar a la ciudad a comer. Si quieres venir con nosotros, eres bienvenido.

Nick dirigió la mirada al informe que estaba esperando. Declinó distraídamente la oferta. Jenna era alta y esbelta. Tendría que haber sido de piedra para no darse cuenta de que era muy guapa, capaz de volver locos a muchos hombres.

Pero no a él.

Debería encontrarla atractiva. Un par de meses atrás, se lo habría parecido. La pelirroja de la recepción también era guapa, y había un par de camareras espectaculares en el restaurante del hotel. Había mujeres bellas y disponibles por todas partes, pero él no estaba interesado.

Nick abrió el informe y empezó a leerlo. Zane le había contado que dentro de unos días iban a presentar en el hotel un proyecto de fin de semana de cuidados que era el niño mimado de Elena. Sabía que había dejado su trabajo como asistente personal y que ahora dirigía un departamento nuevo, desarrollando la parte del spa del hotel. El fin de semana de cuidados y el seminario, pensado para mujeres profesionales agotadas, era un proyecto suyo, y llevaba como título: «Lo que las mujeres quieren realmente: cómo sacar el mejor partido a tu vida y a tus relaciones».

La puerta volvió a abrirse, pero esta vez eran sus hermanas gemelas, Sophie y Francesca, que habían ido a casa a pasar las vacaciones.

Eran gemelas idénticas, las dos guapas y abiertas, con cabello y ojos oscuros. Sophie era más tranquila y tenía obsesión por los zapatos, mientras que Francesca tenía más genio.

Sophie, que llevaba unos vaqueros blancos y camiseta de tirantes blanca, sonrió.

–Hemos venido a llevarte a comer.

Francesca, que tenía un aspecto exótico con aquel vestido turquesa, se acercó al escritorio de Nick y se apoyó en la esquina.

–Mamá está preocupada por ti –se inclinó para robarle el café–. Al parecer llevas tres meses sin salir con nadie y tampoco navegas. Cree que estás enfermo.

Con la pericia que le daba la práctica, Nick recuperó su café.

–Tendrás que probar con otra táctica. En primer lugar, no creo que mamá se preocupe por que hoy haga exactamente lo que ella quiere que haga, no salir con mujeres. Y he estado más de tres meses sin salir con nadie con anterioridad.

Sophie rodeó el escritorio y se dejó caer en la silla de Nick.

–Cuando estabas levantando la empresa y no tenías tiempo para las mujeres.

–Tengo una noticia para vosotras –gruñó él–. Todavía estoy levantando la empresa.

Sophie agarró el informe que Nick había dejado en el escritorio al recuperar el café y lo ojeó distraídamente.

–Pero ahora te lo tomas con más calma. ¿No tienes algún ejecutivo que cierre los acuerdos e intimide a tus rivales?

Nick contuvo el impulso de quitarle a Sophie el informe de la mano.

–Tengo todo un grupo de ejecutivos. Ben Sabin es uno de ellos.

Sophie parecía alterada. Nick frunció el ceño. Ben Sabin tenía reputación de ser tan duro en sus relaciones como en los negocios. Se dijo que debía hablar con él para asegurarse de que entendiera que no debía acercarse a las hermanas de Nick. A ninguna de las dos.

Francesca se apartó del escritorio con movimiento impaciente pero elegante.

–Bueno, ¿y qué te pasa? Mamá cree que te has enamorado de alguien y que no ha salido bien.

Nick se aflojó la corbata. De pronto se sentía acosado y de mal humor. Debería estar ya acostumbrado a la inquisición. Tenía una familia numerosa y muy unida. Siempre se metían en los asuntos de los demás, no por curiosidad, sino porque de verdad les importaban. Sophie frunció el ceño al mirar el informe.

–¿Elena Lyon? ¿No saliste con ella?

Francesca entrecerró los ojos. Rodeó el escritorio y miró el informe.

–Fue una cita a ciegas, aunque no para Nick. Él sabía con quién había quedado.

Nick frunció el ceño.

–¿Cómo sabes tú eso?

Francesca parecía sorprendida.

–Yo solía estudiar con Tara Smith, que era camarera en el café de Dolphin Bay. Te escuchó decirle a Smale que se buscara a otra y que si te enterabas de que intentaba volver a salir con Elena Lyon, vuestra próxima conversación sería en la calle.

Sophie frunció ligeramente el ceño.

–Elena fue dama de honor en la boda de Gemma, la chica que salía en la foto que el periódico publicó equivocadamente.

Francesca le miró fijamente durante un instante.

–Supongo que te refieres a la serie de fotos que hicieron pensar a todo el mundo que Nick se había casado.

Se hizo un silencio pesado, como si sus hermanas hubieran llegado a una conclusión a la que solo podían llegar las mujeres.

Sophie volvió a adquirir una expresión serena. Nick gruñó para sus adentros. No sabía cómo habían conectado los puntos, pero sus dos hermanas sabían ahora perfectamente cuál era su interés en Elena Lyon.

Nick contuvo un nuevo impulso de agarrar el informe. Si lo hacía, el interrogatorio empeoraría.

Sophie pasó otra página y arrugó ligeramente la frente.

–Elena fue dama de honor en la boda de Gabriel –hizo una pausa significativa–. Y ahora vuelve a Dolphin Bay a pasar el fin de semana.

Francesca clavó la mirada en la de Nick.

–¿Lo tenía todo planeado?

Nick frunció el ceño ante la implicación de que

Elena estuviera planeando atraparle, cuando hasta el momento seguía rechazando sus llamadas.

–No hay nada planeado. Ella no sabe que estoy aquí.

Aquello fue un error.

Nick se pinzó el puente de la nariz y trató de no pensar, pero la doble actuación de las gemelas interfería en el normal funcionamiento de su cerebro.

La expresión horrorizada de Francesca selló su sentido. Cinco minutos atrás, Nick había sido objeto de examen y de compasión, pero ahora era un depredador. Resultaba extraño que las conversaciones siempre terminaran así en su caso.

Francesca le miró con furia.

–Permitir que venga aquí sin saber que tú eres el dueño del hotel... eso es ser un depredador.

Sophie ignoró la expresión ultrajada de Francesca cuando volvió a poner el informe en el escritorio y le miró con calmada autoridad.

–¿Quieres estar con ella?

En la quietud de la habitación, aquella osada pregunta resultaba extraña.

–No tenemos ninguna relación. Elena trabaja para el Grupo Atraeus. Viene a Dolphin Bay a trabajar.

Por lo que a él se refería, la relación que buscaba empezaría después de la llegada de Elena.

***

Una hora más tarde, tras una frugal comida en la que estuvo tratando de evitar más preguntas inquisitorias, Nick volvió a su despacho.

Abrió el informe que había tratado de leer antes, observó la carta que acompañaba al programa de cuidados de fin de semana. Reconocería la elegante escritura de Elena en cualquier parte. Luego estudió el contenido del programa. Aunque estaba diseñado para las mujeres, también podían asistir hombres.

Pasó las páginas hasta que llegó a un test. Entornó los ojos y observó la hoja titulada El Test del Amor.

El objetivo del test, uno de los elementos del programa enfocado a los hombres, era averiguar si ese hombre era capaz realmente de amar y apreciar a la mujer con la que estaba.

Nick fue pasando las páginas, veinte preguntas en las que se valoraba la sinceridad, la capacidad para entender las necesidades de las mujeres y el compromiso.

Le llamó la atención la pregunta sobre cuándo debía consumarse una relación. Para la mayoría de los hombres, la respuesta estaba clara. El sexo era una prioridad, porque para los hombres había un elemento de incertidumbre que no sentaba bien a su psique hasta que hacían suya por completo a una mujer.

Nick dejó las hojas del test y miró las respuestas, frunciendo el ceño mientras lo hacía. Tenía todas las respuestas mal.

Por lo que a él se refería, ningún hombre normal podría acertar. Para ello haría falta algún intelectual que estudiara psicología.

Como Robert Corrado.

Nick apretó las mandíbulas. Por los escasos comentarios que había hecho Elena, si Robert hiciera el test lo pasaría con nota. El informe que había encargado sobre él lo corroboraba. Apretó con fuerza las hojas. Por muy alta puntuación que sacara Robert, no le parecía un hombre capaz de hacer feliz a una mujer como Elena. Se aburriría de él en cuestión de meses. Elena necesitaba un hombre que no se sintiera intimidado por su formidable fuerza de carácter, por su apasionada intensidad.

Nick era aquel hombre.

Estiró la hoja de las respuestas y la unió al informe. El compromiso no había formado parte de ninguna de las relaciones que había tenido a lo largo de los años pero ahora, con la expansión de su empresa y con varios ejecutivos bien pagados ocupándose de la parte dura del trabajo, no tenía tantas cosas que hacer. Tenía tiempo. Y por destino o por casualidad, Elena Lyon formaba una vez más parte de la ecuación.

Y estaba a punto de perderla en brazos de otro hombre. El masculino anhelo de recuperar a la mujer que había echado de menos durante tantos años se apoderó de él.

Habían pasado seis años. Años en los que Elena había estado soltera y libre, disponible para el hombre que hubiera querido hacerla suya.

Pero ya no. Elena era suya. Con la decisión firmemente tomada, pensó que a pesar de no haber superado el test, le había dado información, y la información era poder. Y si no se equivocaba, tenía la clave para recuperar a Elena.

El fin de semana de cuidados del hotel y el seminario le proporcionarían la oportunidad que necesitaba.

Se dirigió al despacho de al lado. Le ofreció a Alex Ridley, el director del hotel, unos días de vacaciones pagadas que se merecía, prestándose a dirigir él el hotel durante ese tiempo. Una hora más tarde, Nick había dejado su agenda libre pasa aquellos tres días.

A Elena no le iba a hacer ninguna gracia encontrárselo allí cuando llegara, pero ya se ocuparía de aquel asunto en su momento.

Nick lo había estropeado todo, y era consciente de que no bastaría con una negociación. Hacía falta tomar medidas desesperadas.

Volvió a sacar el test y leyó otra vez las preguntas con expresión taciturna.

No sabía si en algún momento se vería en posición de hacer aquel test, pero necesitaba estar preparado para cualquier eventualidad. Agarró un bolígrafo y fue mirando cuál era la respuesta que más puntuaba en cada pregunta. El cien por cien de aciertos le validaba como el compañero perfecto para una relación.

En el amor y en la guerra todo valía si se trataba de recuperar a Elena.

Capítulo Siete

Elena cruzó la frontera del condado de Dolphin Bay unos minutos antes de la medianoche. Tomó la desviación que llevaba a la Hacienda Messena y sintió que el corazón le daba un vuelco dentro del pecho.

Tenía que dejar de pensar en Nick. En aquel momento estaría a miles de kilómetros de allí, en Dubái o en algún sitio similar, haciendo lo que más le gustaba: amasar millones.

Elena ralentizó la marcha cuando atravesó una reserva boscosa. La carretera estaba resbaladiza por las recientes lluvias, y unos helechos enormes se cernían sobre el camino, bloqueando la luz de la luna. Unos minutos más tarde, cruzaba las puertas del lujoso hotel Dolphin Bay.

Las instalaciones incluían un centro de conferencias, un campo de golf privado, un puerto y un helipuerto. La exclusiva clientela del hotel recibía la llave de sus habitaciones antes de su llegada por correo, pero, extrañamente, Elena había recibido un sobre vacío. Así que tuvo que llamar a recepción para que le abrieran la puerta, que de noche estaba cerrada por motivos de seguridad.

A Elena le parecía una situación inaceptable. Ya

le había enviado un correo electrónico al director informándole de que necesitaba mejorar aquel aspecto.

Cuando se registrara, al parecer le darían una llave y podría entrar y salir a placer.

Apretando las mandíbulas, Elena abrió la puerta, salió a la noche templada y se tomó un momento para estirar las piernas. Unos metros más allá, el agua del mar acariciaba la arena color miel de la playa. Elena observó las puertas de hierro, que parecían dignas de un fuerte, y buscó el intercomunicador. A un lado había una pequeña luz parpadeante. Segundos más tarde, una recepcionista de voz dulce respondió asegurándole que alguien saldría enseguida a abrirle la puerta.

Elena experimentó una sensación de cansancio mientras recorría el corto camino perfectamente segado que separaba la entrada de la playa. Se quitó los tacones rojos y pisó la arena.

La marea estaba alta. Con los zapatos colgando de un dedo, Elena dio unos cuantos pasos hasta que tuvo el agua por los tobillos y se quedó hipnotizada con la romántica belleza de la luna suspendida sobre el agua.

El sonido de un motor interrumpió la paz del momento. Elena volvió sobre sus pasos. Unas poderosas luces atravesaron la oscuridad, cegándola. El coche, que era negro y brillante y de línea deportiva, se detuvo suavemente tras las puertas de hierro.

El conductor no salió al instante. Frustrada,

Elena trató de identificar quién estaba detrás del volante, pero las luces halógenas le impedían la visión. Experimentó una peculiar sensación de fatalidad en el vientre.

La puerta se abrió. Una figura de hombros anchos salió de detrás del volante y la sensación de fatalidad se transformó en certeza.

A pesar de que estaba preparada para la reacción, el estómago se le hizo un nudo. Vestido con vaqueros desteñidos y deportivas de diseño, una camiseta que le moldeaba el contorno del pecho y le dejaba los bíceps desnudos, Nick tenía el mismo aspecto oscuro y peligroso que la última vez que le había visto desnudo en su cama.

Elena experimentó una oleada de calor y se sintió presa de una extraña mezcla de emociones: vergüenza, agobio, y un destello de furia. Nick la miró fijamente, a pesar de que estaba vestida de manera formal, con un traje de chaqueta gris, se sintió de pronto desnuda.

–Nick –Elena trató de emplear un tono profesional que casara con el traje, los elegantes zapatos y su nuevo estatus de ejecutiva–. Qué sorpresa.

Y su presencia arrojaba luz al hecho de que en el hotel no le hubieran enviado la carta con la llave. Estaba claro que Nick quería mantener con ella otra conversación.

Él la seguía mirando fijamente a través de los barrotes.

–No es culpa mía. No respondías a mis llamadas.

¿Dos llamadas de teléfono en cuatro semanas y dos días? ¿Después de que la hubiera dejado tirada por segunda vez?

A Elena le costó trabajo mantener la calma.

–Lo siento. He estado ocupada últimamente.

–Te has cortado el pelo.

–Quería un cambio.

Muchos cambios. La melena corta iba bien con su nuevo trabajo de ejecutiva.

Nick mantuvo una expresión neutral cuando pulsó el botón de un control remoto. Elena depositó con cuidado los zapatos rojos en el asiento del copiloto.

–¿Qué estás haciendo aquí?

Elena volvió a recuperar la sensación de fatalidad. En ninguno de los contactos que había mantenido con Dolphin Bay se había mencionado el nombre de Nick. No figuraba en la página web ni en la correspondencia que había recibido del hotel cuando programó el seminario.

–Dime que eres un huésped del hotel.

–¿No te has enterado? Desde hace dos días soy dueño de una parte del Dolphin Bay.

Elena aparcó el coche en el exterior de la zona de recepción. Estaba oficialmente en shock.

Nick insistió en ayudarla con el equipaje y luego esperó mientras ella se registraba. La recepcionista le dio un mapa del hotel, y Elena se colgó la bolsa de viaje al hombro, agarró el maletín y la maleta y trató de hacerse también con el neceser.

–Deja que te ayude. Forma parte del servicio.

Consciente de que no podía llevarlo todo, Elena siguió a regañadientes a Nick cuando salieron a la noche. El hotel estaba compuesto de una serie de apartamentos y cabañas, cada una de ellas con su pequeña parte de jardín para preservar la intimidad de los huéspedes.

La cabaña de Elena estaba situada en el sector C. Según indicaba el mapa, no podía estar a más de cien metros de allí. Nick le indicó un sendero que llevaba a una bonita construcción de madera entre palmeras. A un lado había una fuente.

Unos segundos más tarde, Elena deslizó la llave en la cerradura y abrió la puerta. Una suave luz se encendió automáticamente, iluminando el pequeño y acogedor vestíbulo. Elena dejó el bolso y el maletín en los exquisitos suelos de madera y se giró para agarrar la maleta.

–Ahora que ya estás aquí –dijo con confianza en sí mismo–, por fin podemos hablar.

–Es tarde. Y esta conversación terminó hace mucho tiempo.

Nick apretó las mandíbulas, el único signo de inquietud que había visto en él hasta el momento. Y Elena sintió de pronto que la pelota estaba en su tejado.

Nick dejó la maleta en el suelo.

–Sé que el último mes no me he comportado bien, pero confiaba en que podríamos...

–¿Qué, Nick? –Elena consultó su reloj, cualquier cosa con tal de quitarse de la cabeza la idea de que Nick iba a proponerle lo único que ella había deseado tras la noche que estuvieron juntos. Estaba a punto de proponerle que pasaran tiempo juntos.

La esfera indicaba que era casi la una de la madrugada.

Nick se acercó un poco más a ella.

–Como vas a pasar aquí el fin de semana, he pensado que podríamos pasar tiempo juntos.

Sorprendida de que hubiera pronunciado finalmente aquellas palabras, Elena apartó la mirada de la suya. Se le pasó por la cabeza que parecía lamentar haberle hecho daño. Como si de verdad quisiera...

No volvería a dejarse engañar por Nick. Aspiró con fuerza el aire y rechazó el impulso automático de relajarse y hacer lo que él quería.

–No entiendo la razón.

–Porque quiero tener otra oportunidad contigo.

Pronunció aquellas palabras con seguridad, y Elena sintió un escalofrío. Durante una décima de segundo se quedó paralizada en el sitio, asombrada. Pero se recuperó rápidamente.

–¿Cuándo decidiste esto?

–Hace un mes.

Ella parpadeó.

–No te creo.

Nick se encogió de hombros.

–Es la verdad.

Nick deslizó la vista hacia su boca. ¿De verdad iba a besarla?

Debería estar furiosa, pero por primera vez en años se sentía dueña de sus emociones y capaz de resistirse a él.

Con el corazón latiéndole con fuerza y embriagada por una sensación de victoria, se mantuvo en su sitio.

–No entiendo la razón.

–Esta es la razón –Nick se acercó más, ocupando el umbral, con la mirada clavada en la suya.

Elena sintió cómo todo su cuerpo cobraba vida. La respiración de Nick le rozó la mejilla, cálida y con cierto aroma a café. Tras un mes de tristeza y de citas platónicas, la idea de besar a Nick Messena debería dejarla fría. Desafortunadamente, no era así.

–Gracias por ayudarme con el equipaje –Elena dio medio paso hacia el pasillo con firmeza, cerró la puerta y se apoyó en ella. El corazón le latía de forma descontrolada. Se sentía extraña y algo febril.

Desgraciadamente, Nick Messena seguía siendo una atracción fatal para ella. Le resultaba irresistible.

Igual que la última vez, no le dolían prendas al decir con claridad que la deseaba, y eso en sí mismo resultaba muy seductor.

Pero tocar a Nick Messena, besarle, hacer cualquier cosa con él... aquello era una locura. Ninguna mujer que se respetara lo tendría por novio, excepto cuando soñara despierta.

Se tocó los labios y los sintió sensibles, aunque

no se los había besado. Así que de acuerdo, todavía se sentía afectada por Nick Messena, pero estaba casi convencida de que para él los sentimientos no tenían cabida en las relaciones. Solo le divertía la cacería. La palabra compromiso no formaba parte de su vocabulario.

Pero después de lo que había sucedido la última vez que se vieron, desde luego sí formaba parte del de Elena.

A Nick se le fue calmando el pulso cuando se dirigió a su propia cabaña, que estaba situada al lado de la de Elena.

El encuentro no había salido bien, pero estaba preparado para ello. Había hecho el amor con Elena y luego la había dejado. Dos veces. Iba a costarle mucho ganarse su confianza.

Se le aceleró un poco el pulso al ver a Elena a través de los ventanales del salón quitándose los zapatos. La vio dirigirse a la cocina con paso mesurado y la espalda recta hasta desaparecer de su vista.

Había cometido un error al dejarla, pero ya era demasiado tarde para volver atrás. Viendo el lado positivo, por fin la tenía en su terreno. Contaba con tres días, y el reloj avanzaba.

Abrió la puerta, entró en la cabaña y se dirigió a la ducha. Ahora lo único que tenía que hacer era convencerla de que valía la pena darle otra oportunidad a la química que había entre ellos. No le había dejado besarla, pero había estado a punto de hacerlo. La satisfacción alivió algo de la tensión que sentía cuando se quitó la ropa y se metió en la lujosa ducha.

La noche no había sido un completo fracaso.

Aunque le había cerrado la puerta en las narices, estaba convencido de que Elena Lyon todavía le deseaba.

A la mañana siguiente, Elena se vistió cuidadosamente para la parte oficial del programa: el seminario sobre lo que realmente querían las mujeres.

Pensando en que, a pesar de todo, todavía se sentía atraída por Nick, escogió una camisa de tela fina naranja y rosa y unos pantalones de algodón blancos. Los colores cálidos y tropicales de la camisa resaltaban su suave bronceado y mostraban un poco de escote. Los pantalones se le ajustaban a las caderas y se acampanaban en los tobillos, sacando el máximo partido a su nueva figura.

El atuendo era perfecto para un hotel de lujo, pero se sintió tentada a refugiarse de nuevo tras el traje de chaqueta que había sido su escudo protector durante años. Escogió unos bonitos pendientes de oro con toques rosas y se los colocó.

Se distrajo al escuchar el sonido de la puerta de la cabaña de al lado al cerrarse. La imagen de reojo de Nick, vestido con estrechos pantalones oscuros y un polo negro dirigiéndose al hotel, provocó que el corazón le latiera con fuerza.

El sendero que tomó era el mismo que unía una cabaña con la otra. Elena había escuchado cómo se cerraba una puerta y luego había visto a Nick alejarse de las cabañas, así que no podía estar dirigiéndose a desayunar por casualidad. Estaba viviendo en al cabaña de al lado de la suya.

El hecho de que Nick hubiera utilizado aquella táctica con la llave y que hubiera escogido la cabaña de al lado de la suya indicaba que hablaba en serio al decir que quería recuperarla.

Elena aspiró con fuerza. El hecho de que Nick estuviera en la puerta de al lado no cambiaba nada. En cuanto se diera cuenta de que Elena se mantenía en sus trece, dirigiría la atención a alguna de las bellas mujeres que habría en el hotel.

Tras echarse un poco de perfume de flores, agarró la carpeta con sus notas de trabajo y el test y salió de la cabaña.

El restaurante estaba lleno de huéspedes disfrutando del desayuno o sentados en la terraza que daba al mar. Aliviada al ver que Nick no estaba entre ellos, Elena escogió una mesa discreta. Media hora más tarde, llena de energía gracias a la fruta fresca y el té verde, Elena se dirigió al centro de conferencias y se quedó paralizada.

En medio de un mar de mujeres, Nick, vestido de negro, bronceado y con sus anchos hombros, era el contrapunto para tantas prendas de algodón blanco y tantas joyas. Giró la cabeza y a Elena se le subió el corazón a la boca cuando sus miradas se encontraron.

Apretando las mandíbulas, se dirigió al podio e hizo un esfuerzo por ignorarle.

Dejó la carpeta y el ordenador portátil en la mesa de al lado del atril, encendió el ordenador y lo conectó a la moderna y enorme pantalla. Abrió la carpeta con brusquedad y comprobó que el equipo funcionaba. Estaba lista para empezar.

Unas risas femeninas la distrajeron. Un grupito de mujeres, las más jóvenes y guapas, tenían a Nick rodeado como si fueran abejas en un panal.

La idea de que Nick estuviera en proceso de ligar con una de aquellas mujeres la dejó paralizada en el sitio. Se sirvió agua de una jarra que había al lado de un vaso, sin darse cuenta de que se le derramó un poco en la mesa. Dejó la jarra con firmeza y buscó una servilleta para secar el agua. No debería importarle que Nick estuviera haciendo sus conquistas, preparándose para su siguiente episodio romántico.

No encontró ninguna servilleta. Sacó un cuaderno pequeño y lo puso encima del pequeño charco, irritada.

Un rumor de risa masculina acompañado de una voz ronca femenina llamando a Nick hizo que Elena levantara la cabeza, justo a tiempo para ver cómo una mujer de cabello castaño y figura sinuosa se lanzaba sobre él.

Nick abrazó a aquella mujer con aspecto de diosa, atrayéndola hacia sí. En aquel momento, Elena fue consciente de algo: se trataba de la prima de Nick, Eva Atraeus, aunque era prima por adopción. En el pasado fue modelo, y ahora poseía su propia empresa de organización de bodas. Eva era la oveja negra de la familia: soltera y con mucho carácter, había esquivado los intentos de su padre adoptivo de organizarle un ventajoso matrimonio y se había hecho famosa por salir con chicos malos.

A Elena se le formó un nudo en el estómago al observar aquel encuentro natural y al mismo tiempo íntimo. Quedaba claro que Nick y Eva se conocían muy bien.

No debería importarle a quién abrazara Nick. No le pertenecía, y no era válido como marido. Había perdido su oportunidad. En dos ocasiones.

Estrujando el empapado cuaderno, lo arrojó a una papelera cercana. Se centró en colocar sus notas en el podio y en recordar su última cita con Robert. Lo único que recordaba era que había aprendido un poco más de la ley de impuestos australiana.

Consultó su reloj. Se había organizado con tiempo de sobra, y por lo tanto, le quedaban quince minutos para mezclarse con los asistentes antes de la hora oficial del comienzo del acto. Sacó la etiqueta con su nombre del bolso, se la puso en el hombro izquierdo y luego bajó al suelo de la sala de conferencias.

Nick la interceptó cuando llegó a una mesa en la que había café, zumos naturales y fruta fresca.

–Parece un éxito de convocatoria. Enhorabuena.

Elena señaló con énfasis el reloj.

–Empezamos dentro de unos minutos.

–Soy consciente de la hora. Voy a asistir al seminario.

Elena agarró una taza de té. Su calma amenazaba con evaporarse.

–No puedes quedarte.

Nick compuso una expresión extrañamente neutra.

–Es mi hotel. Tengo derecho a asegurarme de que lo que hagas esté al nivel del servicio que ofrecemos.

Elena se puso tensa al pensar en Nick asistiendo a su seminario. Apretó las mandíbulas.

–Constantine aprobó el programa...

–La misma semana que me cedió el control a mí.

Con pausada precisión, Elena dejó la taza en el platito, añadió una rodaja de limón y trató de controlar el irracional impulso de pánico que sintió. Si Nick quería boicotearle el seminario, no podría impedírselo. Era el dueño del cincuenta y uno por ciento del hotel.

Técnicamente, era su jefe.

Elena mantuvo la humeante taza de té contra ella como un escudo.

–El seminario no tiene ningún interés para ti. Está pensado para las mujeres.

–Hay otros hombres aquí.

Dos hombres, a los que habían apuntado sus esposas. Elena ya lo había comprobado.

Mantuvo una expresión amable mientras se tomaba el té y veía cómo Nick se servía café y añadía leche y dos azucarillos.

Una clara indicación de que tenía intención de quedarse.

Elena no pudo evitar torcer el gesto.

–Decidí hacer un seminario abierto para hombres que estuvieran interesados en mejorar sus relaciones.

–¿Y yo no soy uno de ellos?

Ella le miró fijamente a los ojos.

–Lo has dicho tú, no yo.

–Era una pregunta retórica. Resulta que ahora que la naturaleza de mi negocio ha cambiado, voy a tener más tiempo para dedicarlo a las relaciones.

Elena estuvo a punto de atragantarse con el té. Miró a Eva, que acababa de servirse un café. Había escuchado el rumor de que Mario, el padre de Eva, enfermo terminal, había tratado de forzar la unión entre Eva y Gabriel Messena.

El rumor había sido confirmado por la propia esposa de Gabriel, Gemma. Ahora que Gabriel estaba casado, Mario podría estar buscando otro candidato para su obstinada hija. Nick, como segundo hijo Messena, sería sin duda la elección natural.

–De ninguna manera –afirmó Nick con rotundidad.

Asombrada, Elena dejó con cuidado la taza de té para evitar que se le volviera a derramar.

–¿De ninguna manera qué?

–Eva y yo solo somos buenos amigos.

Elena sintió cómo su autocontrol se veía amenazado por una oleada de emoción que no podía controlar.

–Entonces, ¿qué hace aquí?

Nick entornó los ojos.

–Estás celosa.

Elena se quedó mirando la mandíbula de Nick y la pequeña cicatriz que le resultaba tan fascinante.

–Tendré celos cuando el infierno se congele.

–No tienes de qué preocuparte. No me interesa Eva. Tras lo de anoche, ya deberías saber que quiero recuperarte.

Un escalofrío recorrió el cuerpo de Elena. Nick todavía la deseaba. Sintió una oleada de poderío femenino y alzó un poco más la barbilla.

Nick la había dejado dos veces. Debería tenerlo superado ya, pero al parecer no era así. La peligrosa y electrificante atracción seguía ahí. Todavía estaba enamorada de Nick.

Elena se quedó congelada por dentro al examinar de cerca sus sentimientos, el modo en que se había aferrado obstinadamente a un hombre que no la quería.

Le había amado en la adolescencia y toda su vida adulta. No parecía que fuera a resultarle fácil dejarle atrás.

Se conocía bien a sí misma. Por muy controlada y metódica que fuera en su vida normal, también era consciente de que tenía una vena apasionada.

Como su tía Katherine, al parecer ella también buscaba un amor verdadero y eterno.

Nick dejó el café sin tocar.

–Eva es organizadora de bodas. Este hotel es uno de los emplazamientos que más buscan sus clientes.

Elena sintió de pronto cómo le temblaban las rodillas por el alivio.

–Si lo único que buscas es comprobar la efectividad del seminario, no hace falta que asistas. La terapeuta responsable del spa está aquí.

Nick se cruzó de brazos.

–No voy a irme, cariño.

Un escalofrío le recorrió la espina dorsal al escuchar aquel apelativo cariñoso de labios de Nick.

Ignorando la fijeza con la que le estaba observando, Elena volvió a consultar su reloj, dejó la taza de té en la mesa y se dirigió de nuevo al podio.

Cuando empezó la primera sesión, le resultó más fácil centrarse. Nick, fiel a su palabra, no se marchó, pero ocupaba un asiento al fondo de la sala. Tendría que tolerar su presencia hasta que Nick se aburriera de un tema que no le interesaba lo más mínimo y se marchara. Los otros dos hombres, Irving y Harold, que sí querían aprender, estaban sentados en primera fila.

Tras presentar a los conferenciantes de aquel día, le cedió el podio a una guapa terapeuta que quería hablar de la última tecnología para el cuidado de la piel. Mientras tanto, Elena fue entregando los tests.

Cuando llegó a la fila de Nick, que estaba ocupada por Eva y dos mujeres más algo mayores, pasó por delante de él sin dejarle la hoja.

Una mano le agarró la muñeca, deteniéndola sobre sus pasos.

–No sé qué estás entregando, pero quiero verlo.

Ella le pasó un test a regañadientes.

–No es algo que te interese.

Nick observó la hoja.

–Resulta que estoy convencido de que sé lo que quieren realmente las mujeres.

Elena se enfureció al imaginar de pronto a Nick con docenas de mujeres entrando y saliendo de su dormitorio.

–El sexo no cuenta.

Él se quedó muy quieto.

–Tal vez yo no sea todo sexo. ¿Crees que sacaré una puntuación baja?

–Creo que sacarás una puntuación catastrófica. La mayoría de los hombres no superan el treinta por ciento.

–¿Qué te parecería si te dijera que creo que puedo sacar al menos un ochenta por ciento?

–Te diría que eso es imposible.

–Entonces, ¿quieres apostar?

Elena dejó escapar un suspiro.

–Lo que quieras.

–Que pases conmigo una noche.

Ella parpadeó ante la repentina oleada de calor que le provocó aquella imagen.

Pero Nick nunca superaría el diez por ciento.

Le había hecho el test a su peluquero, que estaba acostumbrado a tratar diariamente con mujeres. Había conseguido un cincuenta y cinco por ciento. Nick no tenía la más mínima oportunidad.

–¿Y qué consigo yo si pierdes?

–Carta blanca para hacer todo los cambios que quieras en nuestro servicio de spa. Y no te molestaré.

Ella le miró a los ojos.

–Trato hecho.

Se escucharon unos aplausos.

Avergonzada, Elena se dio la vuelta y se dio cuenta de que todo el grupo del seminario estaba escuchando, incluida la terapeuta de belleza. La dama mayor que estaba sentada al lado de Nick preguntó:

–¿Cuándo puede hacer el test?

–Ahora es un buen momento –murmuró Elena.

Veinte minutos más tarde, Elena estudió el test de Nick sin dar crédito. Había comprobado dos veces la hoja de respuestas, una hoja a la que solo ella tenía acceso. Había obtenido una puntuación del ochenta y cinco por ciento, y estaba casi segura de que había fallado adrede una de las preguntas fáciles para fanfarronear.

Pensaba que conocía perfectamente a Nick, aunque había algunas partes de su vida, como su relación con su padre, que daban a entender que Nick tenía un lado muy emotivo.

Pero, ¿y si se hubiera equivocado y el chico malo no fuera tan malo después de todo?

Se acercó a Nick, que estaba de pie tomándose un zumo y comiendo sushi.

–¿Cómo lo has hecho?

–¿Qué puntuación he sacado?

Cuando se lo dijo, Nick dejó el zumo y la miró de forma extraña.

–¿Y cuándo me das mi premio?

A Elena le dio un vuelco al corazón cuando aquella excitación sensual que resultaba completamente inaceptable volvió a cobrar vida.

Su reacción no tenía ningún sentido, porque ella no estaba interesada en una porción de la tarta. Ella quería una relación completa. Deseaba desesperadamente estar enamorada de un hombre que la correspondiera.

Y Nick no era aquel hombre.

A las seis, como parte del paquete de cuidados del fin de semana, todos iban a hacer un crucero al atardecer. Aquella actividad ocuparía una parte importante de la noche. Cuando regresaran ya no quedaría mucho tiempo por delante.

–Esta noche.

Capítulo Ocho

Nick llamó a su puerta a las seis. Elena, que estaba muy nerviosa, comprobó su aspecto. Por primera vez en su vida iba a llevar un biquini, un modelo muy osado con motivos selváticos oculto bajo una túnica casi transparente color verde que le caía hasta medio muslo y que se le ajustaba en las caderas con un cinturón. Tenía un aspecto natural, chic y sexy.

Se aplicó un poco más de perfume, agarró la bolsa de la playa, se puso unas sandalias esmeralda a juego y se dirigió a la puerta. Cuando la abrió, Nick, todavía vestido con los pantalones oscuros y el polo, la esperaba en el pequeño pórtico hablando por el móvil.

Deslizó la mirada hacia sus muslos.

–Ha habido un cambio de planes. El motor del yate del hotel tiene una fuga, así que vamos a ir en el mío. Saraband.

A Elena se le aceleró el pulso al pensar en el yate de Nick. Lo había visto amarrado en la bahía. Era muy grande, de línea elegante y deportiva.

Nick consultó su reloj.

–El servicio de catering está abasteciendo el Saraband, pero antes de que zarpemos tengo que conseguir una radio más –señaló con la cabeza hacia el coche, que estaba aparcado justo detrás de los árboles que rodeaban su cabaña.

Transcurrieron varios minutos mientras Nick conducía por los arreglados jardines de la casa familiar de los Messena. Había estado allí alguna vez cuando su tía trabajaba para ellos, pero nunca la habían invitado formalmente.

La casa era grande, de estilo victoriano, con una entrada porticada y barandas arriba y abajo, lo que le proporcionaba un aire colonial.

Nick subió los escalones con ella y le sostuvo la puerta de entrada.

Ella se quitó las gafas y entró en el pasillo en penumbra.

Nick señaló con un gesto el espacioso y confortable salón con cómodos asientos color crema colocados sobre el brillante suelo de madera. Las puertas del balcón se abrían a un pequeño jardín apacible.

–Estás en tu casa. Eva se aloja aquí durante el seminario, pero aparte de ella, la casa está vacía.

Se había comprometido a pasar la noche con Nick. No perdería los nervios ni pensaría que no era lo suficientemente atractiva para él. Ya habían pasado la noche juntos en otras ocasiones. En dos.

La idea de retar a Nick en el test había sido un error. Ni en sus sueños más salvajes habría imaginado que puntuaría tan alto.

Ahora dependía de ella que la experiencia fuera positive. Era una oportunidad ideal para desmitificar la pasión que, ahora lo sabía, había impedido que experimentara el amor verdadero que buscaba.

En las dos ocasiones anteriores, su acto amoroso había sido espontáneo y algo salvaje. Esta vez, estaba decidida a que la pasión descontrolada no fuera un factor determinante. Si Nick quería acostarse con ella, tendría que seducirla, algo que estaba convencida de que no lograría. A pesar de su altísima puntuación en el test.

Cuando quedara claro que Nick era una persona superficial, disfuncional y que no servía para marido, podría olvidarle y seguir adelante.

Elena se dirigió a una zona de la pared llena de fotografías familiares. Se detuvo ante una foto grande a color de un chico gordito y con gafas en una silla de ruedas. Estaba claro que era uno de los niños Messena, o tal vez un primo, aunque Elena no recordaba que nadie hubiera mencionado nunca la existencia de un miembro discapacitado en la familia.

Observó la nariz del adolescente, que parecía rota, tal vez en el mismo accidente que le había dejado herido, y se quedó paralizada al experimentar una repentina sensación de familiaridad. Un segundo más tarde, fue consciente de que Nick estaba en la habitación. Cuando se dio la vuelta, vio que se había cambiado y se había puesto unos vaqueros desteñidos y una camiseta blanca de cuello de pico. Llevaba una bolsa al hombro y cargaba con la radio que necesitaba.

Elena miró la foto del niño en la silla de ruedas y luego observó la nariz de Nick.

–Eres tú –murmuró.

–A los dieciséis años.

Elena recordó entonces que su tía había mencionado que Nick sufrió un accidente, pero nunca imaginó que hubiera sido tan grave.

Justo cuando pensaba que ya tenía calado a Nick, ocurría algo que la obligaba a revaluarlo todo. Lo último que necesitaba era enterarse de que Nick tenía un pasado de dolor.

–¿Qué ocurrió?

–Un accidente de rugby. Me hicieron un mal placaje en un partido y me rompí la espalda.

Nick señaló la puerta con la cabeza, indicando que tenían que irse. Pero Elena no había terminado.

–¿Cuánto tiempo estuviste con sobrepeso?

Nick sostuvo la puerta con expresión impaciente.

–Un año, aproximadamente.

Le siguió fuera y subió al asiento del copiloto, se ató el cinturón de seguridad con dedos temblorosos y trató de dejar atrás aquel contratiempo. Creía que conocía a Nick, que era una persona burda y superficial, pero había algo más.

Nick maniobró con el Saraband hacia una bahía protegida en la isla Honyemoon, una pequeña joya situada a tres millas náuticas del hotel.

Echó el ancla. Mientras esperaba a que cayera toda la cadena, miró hacia la proa.

Elena se había pasado la mayor parte de la travesía circulando entre los clientes, pero durante los últimos quince minutos había sido una figura solitaria sentada en la proa y mirando hacia el mar.

Nick invirtió un tiempo en comprobar que el ancla estaba firmemente anclada en el fondo del mar. Cuando bajó al muelle, el primer barco ya se dirigía hacia la bahía con Elena a bordo.

Se subió las gafas de sol por el puente de la nariz. No le cabía duda de que le estaba evitando. Pero no permitiría que siguiera haciéndolo durante mucho más tiempo.

Elena necesitaba un poco de espacio. Aunque él no fuera el tipo de hombre sensible que ella pensaba que necesitaba, su intención era demostrarle durante las próximas horas que era el hombre que de verdad necesitaba.

Dos horas más tarde, aburrido del champán y los canapés y con el hecho de que Elena estuviera manteniendo conversaciones largas y profundas con los dos hombres del seminario, Nick decidió pasar a la acción.

Cuando se zafó de la conversación que estaba teniendo con una rubia guapa, Elena había desaparecido.

Molesto, escudriñó la playa y el grupo de bañistas que estaban bajo las coloridas sombrillas del hotel. No había ni rastro de la túnica verde de Elena. Tras intercambiar unas palabras con Harold, que ahora estaba inmerso en la lectura de un libro, siguió la estela de unas pisadas solitarias.

Al doblar una curva, se encontró con una pequeña playa privada rodeada de árboles de pascua neozelandeses en flor. Bajo uno de los árboles, en una sombra, estaba la bolsa de playa y la túnica gris de Elena.

Miró hacia el mar y la vio nadando con movimientos lentos y elegantes. Apretó las mandíbulas al ver que había otro nadador cerca de ella. Irving.

Como sospechaba de las intenciones de dos hombres que asistían a un curso pensado para mujeres, hizo algunas averiguaciones y acababa de recibir la información hacía unos minutos. Harold resultó ser exactamente lo que parecía, un hombre de negocios que intentaba complacer a una esposa dominante. Por el contrario, Irving tenía un pasado más convulso.

Nick se quitó la camiseta y los vaqueros, dejando al descubierto el bañador que llevaba debajo. Nadó en línea recta, y tras unas brazadas entre las olas, llegó donde no hacía pie.

Un grito agudo le provocó una ráfaga de adrenalina en las venas. Irving agitaba los brazos y las piernas al lado de Elena. Nick sintió alivio al darse cuenta de que era él quien había gritado, no Elena. La razón de su grito era que le sangraba la nariz.

Nick experimentó una mezcla de orgullo y de alegría al ver a Elena nadar hacia él. Estaba claro que Irving había querido aprovecharse de que Elena estuviera sola y vulnerable, pero ella le había dejado las cosas claras dándole un fuerte puñetazo en la nariz.

Irving se percató finalmente de la presencia de Nick y se puso pálido como la cera. Nick no necesitó proferirle ninguna amenaza. Le bastó con mirarle fijamente. Ya lidiaría con él más tarde.

Elena se detuvo a su lado.

–¿Has visto lo que ha hecho Irving?

Nick observó cómo el otro hombre se dirigía hacia la abarrotada playa nadando a perrito.

–Estaba demasiado ocupado tratando de avistarte a tiempo.

–¿Qué sabías de él?

Nick apartó la vista del sexy biquini que se veía bajo el agua y de las curvas que marcaba.

–He pedido esta mañana que le investigaran, y he recibido el informe hace unos minutos –Nick tomó a Elena de los brazos para acercarla a él–. Tiene antecedentes policiales y no está casado. ¿Te ha tocado?

–No, no ha tenido oportunidad. Pero me ha dicho cosas...

–Déjeme adivinar. ¿Quería una terapia sexual para superar sus problemas?

Una ola acercó más a Elena y sus cuerpos chocaron. Ella se le agarró instintivamente a los hombros.

–¿Eso es lo que dice su ficha policial?

–Su objetivo son las terapeutas. Últimamente ronda por los spas. Pero este ha sido su último intento –aseguró mirándola con intensidad–. Me encargaré de que mis abogados vayan a por él.

Inclinándose hacia delante, Elena le rozó los labios con los suyos.

–Gracias.

El beso se hizo más apasionado. Nick la abrazó con más fuerza, consciente de la suavidad de su piel, de la delicadeza de sus curvas. Cuando ella se apartó, Nick tuvo que hacer un esfuerzo por contenerse y no volver estrecharla entre sus brazos. Cuando Elena indicó que quería volver a la orilla, la siguió nadando despacio.

Cuando llegó a la orilla, sintió una punzada de satisfacción al ver a Irving peleándose todavía contra las olas y sujetándose la nariz.

Elena salió del agua y Nick sintió como si le hubieran dado un puñetazo en el estómago al ver por primera vez el biquini de cerca. Con el pelo mojado y la piel húmeda, Elena tenía un aspecto exótico y despampanante.

Siempre había sabido que era bonita y atractiva, pero ahora le dejó sin respiración.

Cuando Elena agarró la toalla que había dejado en la arena, el sonido de un carraspeo llamó la atención de Nick. Harold caminaba por encima de las rocas con la vista firmemente clavada en Elena.

–Se acabó –murmuró Nick–. No más hombres en tus seminarios.

–Harold es inofensivo.

No como Nick, que con la mirada entornada y brillante tenía un aspecto fuerte y duro.

–¿Igual que Irving?

Elena se estremeció.

–Entendido.

Había notado la mirada de Harold clavada en sus senos. El estómago le dio un vuelco. De pronto lamentó haber pasado tanto tiempo hablando con Harold, quien al parecer había malinterpretado sus intenciones.

–¿Crees que...?

Nick soltó una palabrota entre dientes.

–A estas alturas ya deberías saber que si pasas tiempo con un hombre, es muy posible que crea que estás interesada en él.

Elena rechazó la idea de que Harold se sintiera atraído por ella. Reinventarse a sí misma y llevar la ropa que siempre había querido llevar tenía un lado oscuro inesperado.

–Eso no es así, según mi experiencia.

Nick la miró de soslayo.

–Has tenido citas. Lo he investigado.

–¿Has estado husmeando en mi vida personal?

–Trabajas para el Grupo Atraeus, y ahora compartimos la base de datos.

–Has tenido acceso a mi informe personal –un informe que contenía una lista de los hombres con los que había salido. Al trabajar como asistente personal de Lucas y de Zane Atraeus, cualquiera de las personas con las que salía podía ser investigada, igual que ella.

La intensa irritación que sintió al saber que Nick estaba metiendo la nariz en sus asuntos privados fue reemplazada casi al instante por la emoción de que estuviera lo suficientemente preocupado por ella como para hacer algo así.

Elena se distrajo un instante al ver cómo Harold se quitaba la camisa y la dejaba en la arena, dejando al descubierto un torso inesperadamente tonificado y bronceado.

–No creo que vuelva a incluir a los hombres en el programa.

Nick giró la cabeza hacia Harold y murmuró algo entre dientes.

–Inclúyelos, cariño, y te aseguro que yo estaré ahí.

Su actitud posesiva, combinada con el modo en que había acudido a protegerla de Irving, le provocaron una esperanza que sabía que debía sofocar. La esperanza impedía que se centrara. Debía tomarse aquella noche juntos tal y como lo haría Nick, como un interludio placentero del que podía salir sin escaldar. Nick deslizó la mirada a su boca.

–Si quieres librarte de Harold, deberías volver a besarme.

Cuando Nick le puso las manos en la cintura, la lista de las cosas que debería evitar por todos los medios fue reemplazada por otra oleada de deseo puro. Con la boca seca, el corazón latiéndole con fuerza y sin pararse a pensar en lo que hacía, dio un paso adelante y le puso las palmas de las manos en el los musculosos hombros.

Experimentó un leve escalofrío cuando sintió

cómo los pies perdían contacto con el suelo y tuvo que agarrarse al cuello de Nick. La situación era completamente contraria a su idea de controlar las emociones y mantener el corazón intacto, de darle a entender a Nick que ya no era la conquista fácil que fue en el pasado.

Se dio cuenta distraídamente de que se le había caído la toalla y de que estaba pegada a Nick de la boca al muslo. Unos largos y embriagadores minutos después, un sonido rítmico y vibrante se abrió paso entre la bruma de la pasión.

El tono de llamada de un móvil salía de los vaqueros de Nick. Estaban en la arena, al lado de su bolso de playa. Nick la apartó de sí suavemente. Tambaleándose un poco en la arena y consciente una vez más de lo pequeño que era el biquini, Elena se dio cuenta de que Harold había desaparecido. Agarró la túnica.

Se la puso mientras Nick se apartaba unos metros. Le estaba dando la espalda y parecía completamente enfrascado en la llamada.

Elena captó las palabras «obreros» y «andamio», lo que significaba que era una llamada de trabajo.

A pesar del calor que irradiaba la arena y que parecía flotar en el aire, Elena sintió un frío repentino ante la rapidez con la que Nick había pasado de la pasión al trabajo.

Volvió a recoger la toalla y trató de no centrarse en la punzada de dolor ni en aquella familiar sensación de fatalidad.

Por supuesto, para Nick lo primero era el trabajo. Así había sido siempre. No era una amante fascinante a la que él no pudiera resistirse.

Lo que habían compartido era algo apasionado, y para ella, único y bello, pero sentía como si nunca hubiera conectado realmente con Nick. Estaba segura de que Nick era capaz de amar, pero no pensaba que ella fuera la escogida.

Buscó en la bolsa de playa, encontró las gafas de sol y se las puso. Durante el proceso, sus dedos rozaron el libro de técnicas amatorias que había comprado. Se sonrojó al pensar en la investigación que había emprendido porque se sentía fuera de lugar en aquel campo.

Nick agarró los vaqueros y la camiseta y guardó el móvil en el bolsillo.

–Es hora de irnos.

La certeza de lo que iba a suceder cuando regresaran al hotel provocó que se le subiera el corazón a la boca.

–Solo llevamos aquí una hora.

–Por lo que a mí respecta, una hora ya es demasiado –Nick agarró la toalla y la bolsa de playa y le tendió la mano.

Elena se quedó sin aliento al ver la suavidad de su mirada y sentir aquella repentina conexión que la pilló desprevenida. Era la clase de cálida intimidad con la que siempre había soñado. Como si fueran amigos además de amantes. Sintió de pronto una punzada en el corazón que volvió del revés sus planes. La convicción de que había algo realmente especial entre ellos, algo que se negaba a extinguirse a pesar de los intentos de ambos por apagarlo.

Tal vez Nick no reconociera de qué se trataba, pero ella sí. Era amor.

Y no un amor cualquiera. Si no se equivocaba, aquel era el amor auténtico y verdadero con el que había soñado. La clase de amor que rompía corazones y cambiaba vidas, y que ella había anhelado desde aquella noche con Nick seis años atrás.

En un instante, el conflicto de hacer el amor con Nick cuando se suponía que debía mantenerlo alejado desapareció para dejar paso a una nueva y clara prioridad.

Hacer el amor con Nick ya no era un riesgo insostenible ni un ejercicio de autocontrol: era un imperativo.

Por absurdo que pareciera teniendo en cuenta todas las cosas que habían salido mal, estaban en un punto crucial de su relación. Aquel no era el momento de echarse atrás y tomar decisiones conservadoras: era el momento de la pasión.

Por un giro del destino, Nick había hecho el test y le había dado una perspectiva de aspectos de su personalidad que ella no creía que existieran. Un cariño y una calidez que le convertían en un posible marido perfecto.

Y además, había descubierto una pieza de su pasado, el chico inválido, con gafas y sobrepeso que una vez fue.

Había accedido a pasar la noche en su cama.

El corazón le latía con fuerza ante la perspectiva de las horas que les esperaban, su tercera noche juntos.

Nick estaba haciendo lo imposible para recuperarla. Estaba en su mano ayudar emocionalmente a Nick para que se sintiera seguro y diera el último paso para iniciar una relación. Para conseguir lo que anhelaba desde hacía años: que Nick se enamorara por fin de ella.

Nick guio a los huéspedes de regreso al yate con la promesa de champán gratis, cócteles y postres cuando llegaran al hotel. El director seguramente sufriría un infarto al enterarse, pero para Nick, su noche con Elena tenía prioridad.

Había conseguido abrir una ventana a la oportunidad, y no iba a perder el tiempo solo porque los clientes quisieran pasar más tiempo en la playa.

Cuando Irving subió a bordo, Nick lo interceptó y le sugirió que bajara con él a la otra cubierta.

Irving adquirió una expresión beligerante.

–No puedes darme órdenes. Soy un huésped de pago.

Nick se le acercó un poco más, acorralándole deliberadamente y apartándolo del resto de los clientes.

–También has estado molestando a la señorita Lyon.

La mirada del otro hombre se volvió glacial.

–Eso no puedes demostrarlo.

–Tal vez no, pero puedo divertirme intentándolo.

–No tengo miedo. Elena no presentará cargos.

–Veamos. Es la misma Elena Lyon que tiene una doble licenciatura y que ha trabajado cinco años como asistente personal de Lucas Atraeus.

Irving tragó saliva.

–¿Ese Lucas Atraeus...?

–Sí, el magnate de las minas y el acero –Nick se cruzó de brazos–. Tal vez Elena parezca pequeña y mona, pero ella es la que organizaba la agenda de Lucas, monitorizaba sus llamadas, incluidas las amenazas de muerte, y alertaba a los equipos de seguridad cuando era necesario.

Irvine palideció.

–No lo entiendo. Si es tan poderosa, ¿qué está haciendo en Dolphin Bay?

–Pasar tiempo conmigo –Nick giró la cabeza hacia dos botes inflables que, siguiendo sus instrucciones, no habían sido amarrados todavía y seguían oscilando contra el yate.

–Te voy a facilitar las cosas. Si no bajas, puedes quedarte en la isla hasta que venga a buscarte. Después de todo, es un viaje solo de ida a la comisaría de Dolphin Bay.

Tras un instante de tensión, Irving se rindió visiblemente. Encogiéndose de hombros, bajó las escaleras.

Nick lo siguió y le indicó un asiento en la zona del comedor donde podría vigilarlo mientras estaba al timón. Satisfecho al ver que parecía asumir su destino, Nick subió y examinó la cubierta buscando a Harold. Se sintió aliviado al ver que al parecer había renunciado a Elena y parecía dirigir todo su encanto hacia Eva, que le estaba tratando con suma indiferencia.

Unos minutos más tarde, Nick se puso al timón. Una sutil fragancia floral le hizo saber que Elena estaba cerca. Giró la cabeza y se encontró con su mirada.

–¿Qué has hecho con Irving?

–No te preocupes, está confinado –indicó el panel de vidrio que daba al comedor de abajo.

La satisfacción alivió la tensión del rostro de Elena.

–Bien, no quiero que cause problemas a ninguna de mis clientas. Es malo para el negocio.

–Esa es mi chica –Nick tuvo que contener el impulso de abrazarla. Apretó las mandíbulas al pensar que tal vez solo tendrían una noche. El deseo de disfrutar de algo más que de una aventura sexual se instaló en él. Era una sensación nueva, pero se estaba ajustando a ella.

Elena se cruzó de brazos cuando el yate empezó a tomar velocidad. Miró con preocupación hacia donde estaba Eva.

–¿Crees que Eva estará bien?

–No te preocupes por ella –aseguró Nick–, es capaz de oler a un hombre casado a distancia. Antes de que Mario la adoptara, se crio en un hogar roto. No confía mucho en las relaciones.

–Parece un rasgo familiar.

Consciente de que Elena estaba llevando la

conversación al terreno personal, algo que Nick solía evitar, trató de relajarse.

–Tal vez.

Se hizo un largo silencio, y Elena le dirigió una mirada de frustración.

–Tratar de sacarte información a ti es como hablar con una esfinge.

Nick viró la embarcación para evitar una zona de rocas cercanas a la bahía.

–¿Qué quieres saber exactamente?

Elena le miró directamente a los ojos.

–¿Qué te gusta desayunar? ¿Por qué te metiste en el negocio de la construcción si tu familia se dedica a la banca? Y... –Elena vaciló y luego alzó la barbilla– ¿cuál es tu idea de una cita romántica?

–Me gusta desayunar café y tostadas. Entré en el mundo de la construcción porque cuando estaba inválido, mi padre me enseñó a diseñar y construir barcos, y mi cita ideal sería en un yate. ¿No vas a preguntarme por mi incapacidad para las relaciones?

–Tenía intención de andarme un poco por las ramas, pero ya que sacas el tema, ¿por qué no has tenido nunca una relación larga?

Nick tuvo la respuesta clara como el agua. Porque nunca había sido capaz de olvidar lo que había sentido al hacer el amor con Elena. Ni que ella hubiera esperado a los veintidós años para perder la virginidad, y que le hubiera escogido a él.

Apretó las mandíbulas para no soltar aquella íntima revelación.

–Tengo una agenda muy apretada.

–No tanto como para no salir con una chica. Veintitrés en los dos últimos años es casi una al mes.

Nick sintió una punzada de satisfacción. Era evidente que Elena estaba celosa. No podía haber otra razón para que hubiera investigado tan meticulosamente sus citas.

–Deberías dejar de leer ese tipo de prensa. Lo que calificaron como citas fueron en muchas ocasiones reuniones de negocios o encuentros amistosos –se dio cuenta de que había algo extrañamente dulce en el hecho de estar con Elena.

Ella giró la cabeza hacia el viento, y aquel movimiento le ofreció una perspectiva de su perfil que enfatizaba su belleza. Sin poder contenerse, la estrechó entre sus brazos.

Elena se ablandó casi al instante, acurrucándose a su costado. Sin embargo, Nick fue consciente de que entre ellos faltaba algo importante. Y ese algo era la confianza.

Tenía que contarle lo del test y liberarla de la noche a la que se había comprometido. Pero no estaba preparado para asumir aquel riesgo. Si liberaba a Elena antes de tener la oportunidad de conquistarla en las horas que le quedaban por delante, no estaba seguro de ser capaz de convencerla para que se quedara a su lado.

Elena, que había estado incómoda por la presencia de Harold y de Irving, se sintió feliz al bajar del yate con los clientes cuando amarraron en el pequeño embarcadero. Observó con satisfacción cómo Nick urgía a los dos hombres a entrar en un coche del hotel en el que también estaba su equipaje.

Nick la alcanzó cuando estaba entrando en el restaurante del hotel. Los camareros circulaban con bandejas de champán y canapés. Nick agarró dos copas de una bandeja, le puso a ella una en la mano y la guio hacia la puerta.

–¿Nos vamos ya? –preguntó Elena.

–Son casi las ocho.

Un pequeño escalofrío le recorrió la espina dorsal. Pensaba que tal vez cenarían o incluso bailarían en la terraza, pero la prisa de Nick por estar a solas con ella le resultaba en cierto modo más excitante que una seducción lenta y calculada.

Y técnicamente, su acuerdo terminaba a medianoche. El estómago se le hizo un nudo al pensar en las horas que iba a pasar a solas con Nick.

–¿Y qué pasa con la cena?

Él se detuvo con la mano en el picaporte.

–Podemos llamar al servicio de habitaciones, pero si prefieres quedarte a cenar, podemos hacerlo.

Nick tenía una expresión indiferente y la voz entrecortada. Si no lo conociera tan bien, pensaría que cenar allí y perder tiempo de estar juntos no importaba, pero sabía que era todo lo contrario.

Nick era muy masculino. No le gustaba mostrar sus sentimientos, y en el mundo en que se movía, mostrar cualquier tipo de emoción sería considerado una debilidad. Elena lo sabía porque había trabajado con Lucas y con Zane Atraeus. El único momento en que se relajaban de verdad era cuando estaban con su familia.

El corazón le dio un vuelco al pensar en algo que le hizo ver de forma distinta el momento más duro de su relación, la muerte de su padre. Nick había reaccionado marchándose no porque no le importara, sino porque le importaba demasiado.

–No quiero cenar abajo.

–Confiaba en que dijeras eso.

Elena le dio un sorbo apresurado a su copa de champán mientras andaban entre palmeras y plantas tropicales y se dio cuenta de que ya había salido la luna.

–Me parece bien llamar al servicio de habitaciones.

Nick sonrió y ella sintió un nudo en el estómago. No había imaginado que la noche sería divertida. Pensó que estaría plagada de tensiones, algo que parecía natural en su relación.

El hecho de que estuviera llamando relación a lo que tenía con Nick le provocó un escalofrío. Finalmente, tras años de estancamiento y cuando pensaba que todo estaba perdido, tenían por fin una relación. Sintió deseos de abrazarle.

–De acuerdo, ¿qué pasa?

Nick la miraba con recelo, lo que la hizo sentirse todavía más contenta, porque se había dado cuenta de cómo se sentía.

Solo había una razón para ello: le preocupaba su felicidad, estaba empezando a quererla. No era amor todavía, pero se acercaba.

–Yo… –Elena contuvo el impulso de decirle que estaba locamente enamorada de él desde hacía años– soy feliz.

Nick deslizó la mirada hacia la copa medio vacía.

Elena aspiró con fuerza el aire.

–No es el champán –examinó el burbujeante líquido pálido y lo arrojó sin contemplaciones a la planta más cercana–. No necesito champán para pasar la noche contigo.

Durante una décima de segundo, la noche parece detenerse. La tensión podía cortarse con un cuchillo.

–No tienes que acostarte conmigo si no quieres. Lo del test fue algo improvisado. No tendría que haber…

–Tenemos un trato. No puedes echarte atrás.

Nick adquirió una expresión asombrada. Elena sintió alivio. Había estado temiendo que Nick la liberara del acuerdo. Para ella, las horas que iban a pasar juntos eran cruciales. Si no hacían el amor y derribaban las últimas e invisibles barreras que había entre ellos, tal vez no volvieran a tener otra oportunidad.

Por toda respuesta, Nick la atrajo hacia sí con la mano que tenía libre y la estrechó contra la masculina prueba de su excitación.

–¿Te parece que voy a echarme atrás?

Elena contuvo el aliento ante la prueba concluyente de que Nick la deseaba.

–No.

–Bien, porque no pienso hacerlo.

Nick le quitó la copa de la mano y la dejó con la suya en el brazo de un banco de madera que había cerca. La tomó de la mano y recorrió con ella el corto sendero que llevaba a su cabaña. Sin soltar la mano de Elena, abrió la puerta.

Pasó por delante de ella y la tomó en brazos.

Se agarró a sus hombros cuando Nick entró en el iluminado vestíbulo y cerró la puerta con el pie. Unos segundos más tarde, la dejó en el suelo de una enorme habitación iluminada por velas y que olía a flores. Con el corazón latiéndole todavía con fuerza, Elena aspiró el aroma de los preciosos ramos de rosas blancas.

–¿Te gustan?

Sintiendo un nudo de emoción en la garganta, Elena tocó uno de los delicados pétalos con la yema del dedo. Estaba tratando de ser sensata y pragmática, de no alimentar demasiadas esperanzas. Pero no podía evitar sentirse maravillada y complacida con las molestias que se había tomado Nick.

Encargar flores y velas era probablemente el gesto más romántico que podía hacer un hombre.

Elena parpadeó para liberarse de las lágrimas.

–Me encantan las rosas blancas. ¿Cómo lo has sabido?

–Le pedí a mi asistente personal que investigara

cuáles eran tus flores favoritas –Nick agarró un mando de una mesita de teca y pulsó una tecla. La música de un tango inundó el aire.

Elena se estremeció al escucharlo. Era el mismo tango que habían bailado en la boda de Gemma.

Elena observó el resto de la habitación. Presintió la cercanía de Nick un instante antes de que él le diera la vuelta y la estrechara entre sus brazos. El tango se abrió camino de forma sensual y Elena permitió que Nick la atrajera hacia su cuerpo. Sintiéndose bien, le rodeó el cuello con los brazos y se puso de puntillas para rozarle la boca.

Tras largos segundos, él levantó la cabeza.

–Es la primera vez que me besas de verdad.

–He cambiado.

Pasó los dedos por el pelo de Nick y volvió a atraer su boca a la suya.

Las condiciones no eran las ideales para la escena de amor que iba a tener lugar. No había tenido tiempo de ponerse lencería sexy, ni el suéter de seda que tenía pensado llevar. No había tenido oportunidad de ducharse.

Sintiéndose algo nerviosa, Elena empezó a desabrocharle a Nick los botones de la camisa. Cuando llegó al último, observó con la boca seca cómo él se la quitaba y la dejaba caer al suelo. Sin camisa, con los musculosos hombros brillando bajo la luz de las velas, igual que el amplio pecho y los abdominales, Nick era hermoso de un modo absolutamente masculino. El fino bello oscuro del pecho que le llegaba hasta la cinturilla de los pantalones añadía un toque terrenal que le aceleró el pulso. La atrajo de nuevo hacia sí para besarla otra vez, en esta ocasión más largamente.

Decidida a llevar la iniciativa una vez más, Elena agarró la cinturilla de los pantalones de Nick y tiró de él para llevarlo en dirección a los dormitorios.

Si aquella cabaña era igual que la suya, y eso parecía, el dormitorio principal estaría a la izquierda del pasillo y tendría unas puertas que se abrirían a la terraza.

Consiguió dar un paso a la derecha para poder agarrar el asa de la bolsa de playa de camino.

Nick levantó la cabeza y frunció el ceño cuando vio la bolsa, pero ya estaban en el dormitorio.

El plan se detuvo unos segundos cuando Nick puso la mano en el picaporte, evitando que siguieran avanzando. La tomó de la barbilla y le deslizó el pulgar por el labio inferior en una caricia que provocó que le diera vueltas la cabeza.

–Tal vez deberíamos tomarnos esto con más calma…

–¿Te refieres a que esperemos? –jadeando un poco, Elena tiró del cierre de los pantalones de Nick. Ya debería estar desnudo a aquellas alturas.

Capítulo Nueve

Nick la agarró suavemente de la nuca.

–¿Estás segura de que esto es lo que quieres? Tenía pensado algo más...

Elena le encontró la cremallera y se la bajó.

Nick emitió un extraño gruñido.

–Mmm... olvídalo –con gesto decidido, terminó de bajar el cierre y se quitó los pantalones.

A Elena se le secó la boca. Nick no llevaba nada más que el bañador bajo los vaqueros y ella estaba completamente vestida. La iniciativa sexual tendría que haber sido de ella, dejarle claro que ya no era una novicia. Pero estaba claro que Nick no se había percatado de su táctica dominante. Se le veía muy a gusto en su propia piel. Unos segundos más tarde, Elena se vio suavemente propulsada al dormitorio.

Nick le rozó delicadamente la nuca con los dedos. Elena se estremeció al sentir cómo le desataba el nudo del cuello de la túnica. Un aire fresco le acarició la piel cuando la túnica se le deslizó a la cintura, atrapándole los brazos.

Nick se aprovechó de la situación para inclinarse y rozarle un hombro con los labios. Aquel beso ligero le provocó otro escalofrío.

Una décima de segundo más tarde, la túnica cayó al suelo. Una oleada de calor se apoderó de ella cuando las manos de Nick le cubrieron los senos a través de la fina licra del biquini. Nick inclinó la cabeza, le tomó un seno con la boca y durante unos instantes, Elena perdió la concentración

Se dio cuenta entre nebulosas que aquella parte de la seducción no iba según el plan. Su idea había sido mantener la ropa hasta el último momento. Las cosas se habían torcido hasta el punto de que corría peligro de quedarse desnuda antes y verse una vez más arrastrada a un torbellino de pasión.

Nick dirigió la mirada hacia su boca. Sin pensar en lo que hacía, Elena le rodeó el cuello con los brazos y se arqueó para besarle. Él la tomó en brazos con rápido movimiento y la dejó sobre la cama. Acto seguido se unió a ella.

Elena sintió el tirón en las caderas, la ráfaga de aire cuando le deslizó la parte de abajo del biquini por las piernas. Recuperó la función cerebral y se dio cuenta de que ahora estaba completamente desnuda.

Puso las palmas en el pecho de Nick y le empujó.

Él frunció el ceño.

–¿Quieres estar encima?

Elena aspiró con fuerza el aire.

–Sí –era la posición más básica del libro, pero tenía la ventaja de ser fácil de recordar.

Nick obedeció y se puso bocarriba. Elena se

armó de valor y empezó a bajarle el bañador. Ahora que Nick estaba desnudo y ella tenía el bañador en la mano se dio cuenta de que había olvidado un paso crucial: el preservativo.

Con la boca seca, Elena se bajó de la cama y rebuscó en la bolsa de playa hasta que encontró la caja de preservativos que había comprado a primera hora de aquel mismo día. Escogió uno al azar, y en el proceso se le cayeron varios al suelo.

Nick se levantó de la cama y clavó sus ojos verdes en ella.

–¿Cuándo has comprado esto?

La tensión en el tono de voz de Nick la dejó paralizada en el sitio.

–Ayer.

–Entonces no son para Corrado.

–No. No me he acostado con él.

Nick le soltó la muñeca. La expresión de sus ojos reflejaba alivio.

–Bien.

Con movimiento fluido y natural, Nick recogió la caja y empezó a guardar los preservativos en ella.

–Esto es muy interesante.

–Compré la primera caja que encontré –y desgraciadamente, parecía estar llena de colores vivos y formas extrañas.

Mientras intentaba abrir uno de los envoltorios, Nick la levantó con facilidad y volvió a dejarla sobre la cama, atrayéndola hacia sí.

Elena rasgó el envoltorio, del que salió un preservativo negro. Nick se rio entre dientes y una decimal de segundo después la besó.

Envuelta en una repentina oleada sensual, Elena le besó a su vez. Unos segundos más tarde, levantó la cabeza. Todavía tenía el preservativo en la mano, casi se le había olvidado. Eso no estaba bien.

Se deslizó por el cuerpo de Nick. Él dejó que le colocara el preservativo. Casi había terminado de desenrollarlo cuando Nick le detuvo la mano.

–Tal vez deberías dejarme a mí hacer eso –murmuró con voz entrecortada.

Nick completó el proceso con mano experta. Con expresión contenida, colocó a Elena debajo de él. Antes de que ella pudiera protestar, la besó y la miró con ternura.

–Lo siento, cariño. La próxima vez podrás estar encima.

Cariño. Un escalofrío de placer la atravesó al escuchar aquella palabra. Entregada al calor y al masculino aroma de Nick, que olía a limpio y a sal marina, de pronto dejó de importarle que el plan no hubiera salido como ella esperaba.

Estaba con el hombre al que amaba con toda su alma. Cuando Nick se colocó entre sus piernas, el intenso y ardiente momento de la unión, se le pasó brevemente por la cabeza que, por muy inspirador que fuera el libro, en aquel momento carecía de toda relevancia.

Perdida en un mar de crecientes sensaciones con Nick, tenía todo lo que necesitaba y más.

***

Una llamada a la puerta sacó a Elena de un sueño profundo. Nick estaba tumbado a su lado con la sábana en las caderas. La luz del sol se deslizaba por las fuertes y musculosas líneas de su espalda.

Contuvo el deseo de ignorar de quién se trataba y volver a acurrucarse contra él. Miró el reloj de la mesilla de noche, que le confirmó que ya eran más de las nueve.

Volvieron a llamar, y Elena se levantó de la cama. Se puso un albornoz que encontró encima de una silla, se pasó la mano por el pelo y se dirigió a la puerta.

Su primer pensamiento fue que se trataba de algún trabajador del hotel que quería hablar con Nick. Pero supo que no era el caso al ver desde la ventana dos figuras femeninas vestidas de forma elegante, lo que sugería que eran huéspedes del hotel.

Sin saber qué pensar, abrió la puerta y se quedó paralizada.

–¿Elena? –Francesca Messena, vestida con vaqueros ajustados, zapatos de tacón rojo y una camisa roja casi transparente, se la quedó mirando–. Hemos llamado a tu puerta.

–Como no abrías, supusimos que estarías aquí –Sophie Messena, fría y serena con una amplia camisa de lino blanco y mayas negras, frunció el ceño–. ¿Estás bien?

Elena se agarró las solapas del albornoz, que habían empezado a abrirse, pero ya era demasiado tarde. Sophie y Francesca ya se habían fijado en la marca roja que tenía en la base del cuello.

–Estoy bien. Mejor que nunca.

Sophie miró a su hermana gemela.

–Pues no lo parece. ¿Dónde está Nick? –preguntó con tono imperativo.

Francesca le dirigió a Elena una mirada de simpatía.

–Hemos oído lo de la apuesta.

–¿Qué apuesta? –Elena trató de bloquear la entrada, pero fue demasiado lenta. Las gemelas Messena eran unos centímetros más altas que ella y tenían la agilidad de un gato. Ya habían entrado.

–No era una apuesta –afirmó una voz grave–. Era un trato.

Una décima de segundo más tarde, Nick salió del dormitorio con vaqueros, el pelo revuelto y el torso desnudo. Si a las gemelas les quedaba alguna duda de que hubieran pasado la noche juntos, ahora había desaparecido. Nick miró a Elena a los ojos, entrelazó los dedos con los suyos y la atrajo hacia sí tomándola de la cintura.

–A ver si adivino quién os lo ha contado: Eva.

Francesca recogió la camisa de Nick, que todavía estaba en el suelo desde la noche anterior, y la dejó en el respaldo de una silla.

–No estamos autorizadas a revelar la fuente.

Nick estrechó a Elena con más fuerza.

–Ahora que habéis dicho lo que teníais que decir, ya podéis iros –Nick consultó su reloj–. Dentro de cinco minutos vamos a empezar a hacer el amor otra vez.

Francesca frunció el ceño.

–No te atreverías.

Sophie ignoró a Nick y miró directamente a Elena a los ojos.

–Tengo entendido que el acuerdo era solo por una noche. Puedes irte si quieres.

Elena estaba empezando a hartarse de la intervención, por muy bienintencionada que fuera.

–Esto no es cosa de una noche –afirmó con rotundidad–. Estamos enamorados. Es cosa del resto de nuestras vidas.

Se hizo un sonoro silencio.

Luego Francesca miró a Nick fijamente.

–Entonces supongo que debemos felicitaros.

Después de desayunar, Nick sugirió que fueran a su apartamento de Auckland, donde podrían pasar unos días íntimos. El seminario había terminado técnicamente. Elena estaba encantada de recoger sus cosas y marcharse. Se sentía inquieta y nerviosa desde la aparición de las gemelas. Nick se había mostrado encantador con ella, pero percibía en él una cierta distancia.

Por otra parte, iban a pasar unos cuantos días juntos antes de que ella tuviera que volver a Sídney, y Nick había mencionado salir a navegar.

El viaje a Auckland les llevó tres horas. Agotada

tras una noche en la que casi no había dormido, Elena fue adormilada todo el camino y se despertó cuando Nick entró en un aparcamiento subterráneo.

Unos minutos más tarde entraron en el enorme y acristalado ático de Nick, que tenía unas vistas espectaculares al puerto de Waitemata.

Nick la llevó a un dormitorio. A Elena se le aceleró el corazón cuando él dejó su equipaje al lado del suyo. Se dio cuenta aliviada de que iban a compartir habitación.

Sintiéndose más contenta y casi relajada, Elena recorrió el apartamento y curioseó en la cocina antes de salir a una terraza con piscina y enormes macetas de plantas tropicales. Estaba admirando una variedad de bromelias en particular cuando los brazos de Nick la rodearon por detrás.

–Tengo que disculparme en nombre de mi familia. Sophie y Francesca no tendrían que haberse entrometido.

–¿Te refieres a que no deberían entrometerse en nuestra relación?

–Mmm.

Elena frunció el ceño, pero Nick ya la había atraído otra vez hacia sí, y la sensación de sus labios en el cuello provocaba que le resultara difícil pensar. Justo antes de que la besara, se dio cuenta de que Nick había evitado pronunciar la palabra «relación».

***

Cuando Elena se despertó en medio de un revoltijo de sábanas, había empezado a oscurecer. Tenía el brazo de Nick por la cintura. Se levantó de la cama con cuidado de no despertarle, agarró la camisa de Nick, que estaba en el suelo, y se dirigió descalza al baño.

El reflejo del espejo la detuvo en seco. Vestida con aquella camisa grande y el pelo revuelto, tenía el aspecto de una mujer satisfecha.

Se lavó la cara y las manos y luego fue a la cocina. Se sirvió un vaso de agua y luego fue al salón. Deslizó los dedos por el minimalista mobiliario. La idea de que aquel pudiera ser su hogar en un futuro cercano hizo que se pusiera contenta.

Pero se recordó que no había nada acordado. Nick estaba todavía ajustándose, tenían que ir paso a paso.

Un sonido familiar le llamó la atención. El teléfono de Nick vibraba en el escritorio de su despacho. Elena se levantó a toda prisa, agarró el teléfono y lo apagó. Lo último que deseaba era que Nick se despertara y se pusiera a trabajar.

Dejó el teléfono con cuidado al lado de un informe y se quedó petrificada al ver su nombre en una hoja que se salió de la carpeta.

La sacó del todo y vio una nota de Constantine Atraeus, su jefe, indicando que le había enviado a Nick el material que le había pedido.

Ese material resultó ser el proyecto de Elena para el seminario, el test que había ideado y una copia de la hoja de respuestas.

Sintiendo cómo le temblaban las rodillas, Elena se sentó en la silla del escritorio y sacó todas las hojas del informe.

La tensión que se había iniciado con las entrometidas preguntas de Francesca y Sophie y había seguido con la actitud elusiva de Nick se convirtió en una certeza. En algún momento, antes de que ella llegara a Dolphin Bay para hacerse cargo del seminario, Nick había hecho el test y había copiado las respuestas correctas.

Elena pasó las hojas del informe con dedos temblorosos. Había también una carta. Era un memorando para el director del hotel Dolphin Bay en el que se le ofrecía una semana de vacaciones durante el tiempo que duraba el seminario.

Había despejado el camino para seducirla porque sabía lo débiles que eran las defensas de Elena.

Guardó el informe y volvió a la cocina. ¿Por qué había hecho Nick algo así? ¿Y por qué la había escogido a ella entre tantas mujeres?

Deseaba que fuera porque en el fondo siempre la había amado. Pero las pruebas demostraban otra cosa. Tres encuentros cortos con un hombre conocido por su tendencia a coleccionar mujeres. Un seminario que Nick había manipulado a su antojo, alojándola convenientemente en la cabaña de al lado de la suya. El champán y el escenario romántico.

Elena sintió una punzada de dolor.

Había ignorado como una estúpida su propia

intuición, prefirió aferrarse a una fantasía sin sustancia que a la realidad. Y al hacerlo había permitido que Nick consiguiera lo único que ella había jurado no permitir.

Nick había conseguido que se enamorara de él otra vez.

Nick se despertó de golpe, en parte por el silencio que reinaba en el apartamento como un presagio y también por la incómoda sensación de que había dormido demasiado.

Se levantó de la cama vacía, y lo primero que notó al ponerse los pantalones fue que la maleta de Elena, que él había dejado al lado de la cómoda, ya no estaba.

Terminó de vestirse con un nudo en el estómago, agarró una chaqueta limpia del armario y las llaves del coche. Recorrió el apartamento y se dio cuenta de algo: había desparecido cualquier atisbo de que Elena hubiera estado allí.

La certeza de que algo no iba bien quedó confirmada cuando vio sobre una mesita auxiliar una copia del test y la hoja de respuestas que lo incriminaba.

El día anterior, tras el encuentro con las gemelas y la afirmación de Elena de que estaba enamorada de él, fue consciente de que había llegado el momento de tomar una decisión.

O se comprometía con Elena o la perdía. Pero le resultaba difícil cruzar la línea.

Agarró el teléfono, salió del apartamento y tomó el ascensor para bajar al vestíbulo. Marcó el número de Elena. Supuso que no le contestaría, y no se equivocó.

Cuando se abrieron las puertas, salió del edificio justo a tiempo para ver un taxi doblando la esquina y desapareciendo entre el tráfico. Controló el impulso de seguirla.

Ya sabía adónde iba. Elena era inteligente y muy organizada, y seguramente habría reservado un vuelo a Sídney. Podría intentar detenerla, pero sería inútil.

Sintiendo un nudo en el estómago, volvió a tomar el ascensor, subió al apartamento y se puso ropa limpia. Unos minutos más tarde estaba otra vez en la calle. Era hora punta, y tardó una hora en llegar al aeropuerto.

No podía culpar a Elena por haberle dejado así. Había cometido un error, el mismo que había cometido dos veces antes con ella. Se había sentido irresistiblemente atraído, pero no había conseguido ser sincero con Elena respecto al punto de la relación en el que se encontraba.

Había cambiado. El problema estribaba en que el proceso de cambio había resultado angustiosamente lento y la necesidad de protegerse era tan poderosa que se había cerrado a pesar de que él quería abrirse.

El test fue la gota que colmó el vaso. En lugar de ser sincero y abierto con Elena y exponer su vulnerabilidad, había utilizado lo que sabía del test para conseguir la intimidad que buscaba con ella sin exponerse.

Pero aquella actitud de autoprotección le había estallado en la cara, y había perdido a la única mujer que había necesitado en toda su vida.

Nick salió del vuelo nocturno de Auckland a Sídney con el maletín en la mano. No había llevado equipaje consigo porque no lo necesitaba. Viajaba mucho a Sídney, así que tenía un apartamento frente a la bahía, a escasos minutos del centro de la ciudad.

Veinte minutos más tarde, pagó al taxi y entró en el apartamento. Una llamada al detective privado que había contratado unas horas antes le proporcionó la información necesaria.

Era una táctica agresiva, pero necesaria.

Elena había llegado en avión y se había dirigido directamente a su apartamento. Se quedó allí toda la tarde con las cortinas echadas. Hacía veinte minutos había llamado a un taxi para que la llevara a un restaurante muy caro en el que iba a cenar con Corrado.

Agarró las llaves del coche y se dirigió a la puerta. El espejo que había en la pared le devolvió el reflejo de un hombre de pelo revuelto y barba incipiente.

Quince minutos más tarde pasó por delante del restaurante con su Ferrari negro y vio a Elena y a Corrado en una mesa de al lado de la ventana.

Buscó un lugar donde aparcar, lo encontró y se dirigió andando al restaurante.

Llegó justo a tiempo de ver a un grupo de violinistas rodeando a la pareja y a un camarero acercarse con una botella de champán en un cubo plateado.

El corazón le dio un vuelco dentro del pecho. Corrado se estaba declarando.

Algo se rompió dentro de él. Nick estaba seguro de que era su corazón. En aquel momento supo con certera claridad que amaba a Elena. La amaba desde hacía años. No había otra explicación para su incapacidad para olvidarla y seguir adelante. Demasiado tarde para lamentar no haber tenido el coraje de decírselo a ella.

Sorprendido al darse cuenta de que había encontrado a la mujer con la que quería pasar el resto de su vida seis años atrás y no se había dado cuenta, Nick se acercó a la mesa y les pidió con sequedad a los violinistas que se fueran.

Los músicos se detuvieron cuando Elena se puso de pie, derramando la copa de champán que acababan de servirle.

–¿Qué estás haciendo tú aquí?

–Seguirte. Contraté a un detective privado.

Elena parpadeó. Tenía las mejillas muy pálidas.

–¿Y por qué has hecho eso?

–Porque hay algo que debo decirte...

–Messena. Me parecía que eras tú –Corrado se puso de pie con expresión malhumorada.

Nick le ignoró y mantuvo la mirada fija en Elena.

–No hemos podido hablar, ni anoche ni esta mañana, y tenemos que hacerlo –no le hizo falta mirar a Corrado para saber que había entendido con claridad que habían pasado la noche juntos. No era justo ni ético, pero estaba luchando por su vida.

Nick metió la mano en el bolsillo de la chaqueta y sacó la copia del primer test que hizo y una carta que le había escrito a Elena en el vuelo. Le entregó las dos cosas.

El test contenía la cruda realidad, sin adulterar, sobre lo mal que se le daban las relaciones. La carta contenía las palabras que nunca le había dicho.

No sabía si serían suficientes.

Con el corazón en un puño, dejó la carta en la mesa y examinó el test primero.

Se sabía las respuestas de memoria. Un rápido vistazo le indicó que la puntuación de Nick era muy baja. Era el test que esperaba de él, reflejaba su brusquedad, la prioridad que le daba al trabajo y la dureza que le había llevado a levantar un negocio de construcción multimillonario en pocos años.

–Hiciste trampa –afirmó Elena.

–Es verdad –reconoció él–. Si no lo hacía, sabía que no tendría ninguna oportunidad contigo. Y quería que tuviéramos lo que siempre debimos tener: una relación.

Elena dejó el test con dedos temblorosos sobre la mesa y agarró la carta. Los ojos se le llenaron de lágrimas. Era una carta de amor.

Estaba temblando por dentro. Se dio cuenta distraídamente de que Robert se había marchado en algún momento.

–¿Por qué has tardado tanto?

–Por miedo y por estupidez –afirmó Nick con rotundidad–. Hace años que te amo.

Nick la tomó de la mano e hincó una rodilla en el suelo. Se escucharon unos aplausos; los violines comenzaron a sonar e nuevo.

Nick volvió a meter la mano en el bolsillo y sacó una cajita con el emblema de una conocida joyería. A Elena empezó a latirle el corazón con tanta fuerza que durante un instante no pudo respirar.

Nick sacó un precioso diamante solitario color rosa pálido que brilló bajo la luz de las velas.

–Elena Lyon, ¿quieres ser mi amor y mi esposa?

Las palabras que Nick le había escrito en la carta y que ahora tenía grabadas en el corazón le dieron la seguridad en sí misma que necesitaba para tenderle la mano izquierda.

–Sí, quiero –aseguró con voz temblorosa–. Siempre y cuando me prometas que no me dejarás.

–Te lo prometo de todo corazón –Nick le deslizó el anillo en el dedo corazón de la mano izquierda. Le quedaba perfecto–. A partir de este día y para siempre.

Epílogo

La boda fue muy familiar. Asistieron los Messena y los Lyon y unos cuantos Atraeus y Ambrosi.

La novia iba muy elegante, de blanco, con flores rosas en el ramo y unos modernísimos diamantes rosas en las orejas.

Elena hizo un esfuerzo por no llorar cuando Nick le puso en el dedo la sencilla alianza de oro que simbolizaba el amor, la fidelidad y la eternidad.

La dama de honor de Elena, Eva, que iba del brazo del padrino, Kyle Messena, salió detrás de ellos por el pasillo. Se detuvieron en la puerta de la iglesia y la prensa les hizo fotos.

A medio camino del banquete, que se iba a celebrar al atardecer bajo los árboles del jardín del hotel de Dolphin Bay, apareció el invitado que todos estaban esperando.

Alto, moreno y con las facciones de los Messena, el hijo perdido de Katherine Lyon no había querido perderse la boda. Desgraciadamente, el vuelo de Medinos se había retrasado y por eso no había llegado a la ceremonia.

Nick, que había viajado a Medinos unas semanas antes para conocer a Michael Ambrosi, hizo las presentaciones. Elena le dio un gran abrazo a su primo.

Tras conocer al resto de la familia, Michael se llevó a Elena y a Nick a un aparte y sacó una cajita.

Elena observó el anillo con el diamante antiguo, colocado encima de las cartas de amor que había encontrado en el desván de Katherine, y finalmente entendió por qué había provocado tanto revuelo. Se trataba de una piedra muy antigua y de una calidad exquisita. Debía ser extremadamente caro.

–La tía Katherine lo habría llevado con mucho orgullo.

Michael volvió a dejar el anillo en su caja. Al ser hijo de Carlos, el anillo le pertenecía y debía entregárselo a su futura esposa cuando la escogiera. Era uno de los muchos lazos que ahora le ataban irrevocablemente a la familia que le había recibido con los brazos abiertos.

En la bahía, el yate de Nick, que iba a ser el escenario de su luna de miel, estaba anclado e iluminado.

Elena rodeó el cuello de Nick con sus brazos.

–Tengo que confesarte algo. Solía mirarte desde la playa cuando era adolescente.

Nick sonrió.

–Yo solía mirarte a ti desde el yate.

Elena se apoyó contra su cuerpo y se fundió con él mientras bailaban.